Serin's Sword

서린의 검

김중완 장편 소설

FUSION FANTASTIC STORY

# 서린의 검 5

## 김중완 장편 소설

초판 1쇄 찍은 날 § 2015년 1월 7일
초판 1쇄 펴낸 날 § 2015년 1월 14일

지은이 § 김중완
펴낸이 § 서경석

편집부장 § 권태완
편집책임 § 이창진
디자인 § 신현아

펴낸곳 § 도서출판 청어람
등록번호 § 제1081-1-89호
등록일자 § 1999. 5. 31
어람번호 § 제1-2022호

주소 § 경기도 부천시 원미구 심곡2동 163-2 서경B/D 3F (우) 420-822
전화 § 032-656-4452팩스 § 032-656-4453
http://www.chungeoram.com
E-mail § chungeorambook@daum.net

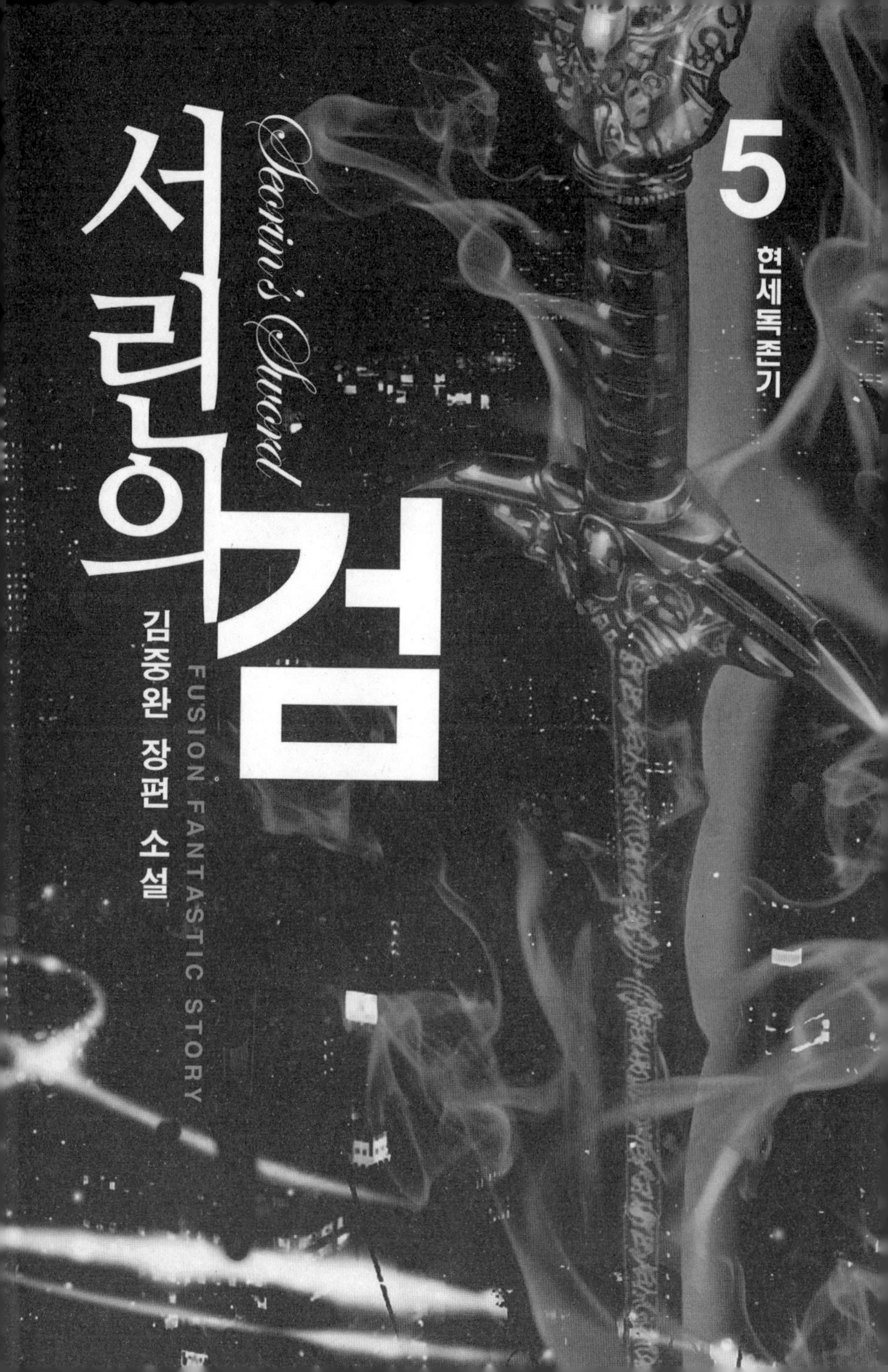
서린의 검
Serin's Sword
5
현세독존기
김중완 장편 소설
FUSION FANTASTIC STORY

## CONTENTS

CHAPTER **01**
멘티스의 전령

강천하는 추레한 몰골의 늙은 회장을 내려다보고 있었
다.

노인의 주름진 입가를 타고 허연 거품이 줄줄 흐른다.

이를 보는 강천하의 눈매는 작게 인상을 쓰며 좁아졌다.

'과연 세뇌가 말처럼 쉽지가 않구나. 제대로 된 세뇌술이
네크로맵틱에서도 최상위 수준에 해당하는 이유가 있었
어.'

일성 그룹 재벌가의 두 형제를 세뇌함으로써 너무도 쉽
게 한국에서 기반을 잡은 그는 내친김에 그룹의 회장도 세

뇌하려 했으나 결과는 보이는 대로였다.

회장의 육체는 나약하고 정력은 쇠했으나 정신의 방어기제만큼은 자식들보다 나았다. 결정적으로 계기가 부족했다.

김태호와 김태수 형제는 복수심에서 불거진 '갈망'을 계기로 세뇌에 빠져들었다. 반면에 김만석 회장은 세뇌에 빠져들 만큼 강력한 갈망이 부족했다.

회장의 정신력 자체는 보잘것없으나 인간이 가진 고유의 방어기제는 정신과 혼이란 부분에 있어 신과 다름이 없는 탓이었다.

불현듯 강천하는 흥미로운 눈빛을 하며 데드폴에서 습득한 지식 중 가장 근원적인 지식의 한 구절을 뇌까렸다.

"사람이 신의 일부란 말이지."

인간은 결코 눈에 보이는 물질로만 구성된 존재가 아니었다. 인간은 육신과 정신, 그리고 영혼은 삼위(三位)가 일체로 이뤄진 존재였다.

특히 생명 그 자체인 영혼은 근본적으로 불멸의 존재라고 했다. 이것은 창조주인 '유일신'과 닮았다고 한다.

즉, 인간은 여러 종교의 성서에 실려 있듯이 신의 현신인 것이다.

이에 예외가 있다면 오직 하나의 경우뿐이었다. 영혼이

완전 독립되어 초의식체를 이루고 그 육체 또한 성유체로 탈바꿈하는 것이었다. 이른바 '신성'을 갖는다는 의미였다.

비슷한 의미에서 천사나 악마라 칭하는 개념이 있으나 엄밀히 따지면 그들 또한 세상이란 나무의 일부인 '아스트랄계'의 족속일 뿐이었다.

물론 신성을 갖는다고 해도 넓은 의미에서 보면 그 또한 '섭리'에 포괄된 존재였다. 섭리란 우주 그 자체이자 시공간을 움직이는 절대의 개념이랄까?

지금, 강천하의 머릿속에는 거대한 숲과 그 안의 켜켜이 들어찬 나무들이 그려지고 있었다.

"크큭, 전능자라 불렸던 그 어떤 신조차도 숲의 일부분에 지나지 않지."

낮게 웃으며 중얼거린 강천하는 서 있던 자세 그대로 회장실 책상에 걸터앉았다. 동시에 그는 창문 너머의 먼 하늘을 바라보았다.

'나는……'

나도 다르지 않다. 숲에 포괄된 나무에 불과한 것.

문득 이 같은 심상을 타고 지독히도 광기 어린 미소가 지어졌다.

'달라도 너무 다를지도.'

죽음이지만 시작. 혹은 종의 필멸이지만 종의 창생. 사람들은 죽음을 끝이라 울부짖지만 죽음은 결코 끝이 아니었다.

'후후, 전환자라고 해야 옳을까? 아니면 청소부라고 해야 할까……'

강천하는 웃었다. 설령 세상의 모든 생명을 말살시켜도 끝이 아님을 알기에, 지금의 세상 또한 멸망 너머에서 시작되었음을 알기에 웃음을 참기 힘들었다.

그 자신은 한낱 자연계의 의지에 구속된 성유체가 아니라 일단 강림한다면 그 스스로가 어디든 날아갈 수 있는 데스윙(Deathwing), 죽음의 날개였다.

'나는 이 점이 참 마음에 든단 말이야.'

인간이란 종을 좌우할 수 있는 그이기에 인간이 만류의 영장으로 존재하는 지금의 세상은 마치 장난감이나 진배없었다.

비록 아직은 그 장난감을 가지고 노는데 꽤 잘 먹고 잘 자라야 하는 연령 미달의 '아기' 라고 해도…….

"뱀파이어인가? 크큭, 이거 우습구만. 제아무리 이 몸이 어리다고 하지만 버러지가 기어오는 걸 방치할 만큼 나약한 건 아니라고."

혼잣말처럼 중얼거린 강천하는 김 회장의 뒷덜미를 잡더

니 한쪽으로 집어던졌다. 소파 위로 떨어진 김 회장은 여전히 볼썽사나운 몰골로 사지를 부들거렸다.

건물 내에 상주하는 그룹의 직원 중 누가 보더라도 자신의 눈을 의심할 광경.

그러나 다음에 들어온 사람은 그런 김 회장의 몰골에 하등 관심을 두지 않았다.

금발을 올백으로 빗어 넘긴 위압감 넘치는 신사가 다부진 걸음걸이로 들어왔다. 그의 권속인 리처드 버디였다.

"일성 그룹의 자금 망을 모두 수중에 넣었습니다."

"회장의 큰 아들은?"

"후계자답게 멍청한 형제들과 달리 상당히 똑똑한 녀석입니다. 일본 쪽으로 도피한 것 같은데 위치 파악에 애를 먹고 있습니다."

"하는 수 없지. 일본은 우리 쪽 힘이 미치지 않으니까. 대충 하다 안 되면 그냥 둬버려. 때가 되면 어련히 찾아오려고."

"알겠습니다. 지시하실 다른 사항이 있으십니까?"

강천하는 슬쩍 턱을 매만지며 나가라는 듯 손을 휘저었다.

"흠, 비서한테 커피 두 잔 뽑아오라 그래. 바로는 말고 한 5분 정도 뒤에. 아, 그리고 저 돼지 좀 데리고 나가라."

"알겠습니다."

리처드 버디가 김만석 회장을 들쳐 안은 채 회장실에서 사라지자 강천하는 이내 기지개를 하며 길게 하품했다.

"하암!"

그러더니 뚝. 마치 다른 사람이 된 것처럼 백팔십도 인상이 달라졌다. 느긋하던 미소는 잔혹한 이죽임으로 바뀌었고 평화롭던 눈빛은 이글거리는 광망으로 돌변했다.

강천하의 입술이 아무것도 없는 허공을 향해 슬쩍 벌어졌다.

"나와."

딱 한 마디에 불과했다. 그러나 그 순간, 발코니의 공간 한쪽이 일그러지며 마치 뱉어지듯 무언가가 떨어졌다.

"꺄악!"

비명이 울려 퍼졌다.

남자라면 누구라도 넋이 나갈 만큼 뇌쇄적인 미녀가 거짓말처럼 발코니 한쪽에 주저앉아 있었다.

강천하는 성큼거리며 미녀의 앞까지 걸어갔다. 그런 그의 표정에는 뜻밖이라는 이채가 올라와 있었다.

"호오? 그냥 그런 저급한 뱀파이어 따위가 아니구나. 어디 좀 보자."

"다, 다가오지……. 아악!"

미녀는 뭔가 자기방어를 하려고 했지만 강천하의 손이 먼저였고 그의 손길이 머리에 닿자 온몸을 파르르 떨며 비명을 내질렀다.

그러나 강천하는 눈 하나 깜짝하지 않고 미녀의 전신을 스캔했다.

창세와 함께 어둠이 낳은 것 중 최상위에 위치한 존재이자 죽음의 신성인 그에게 있어 어둠의 권속에 불과한 뱀파이어는 애완동물과 다름없는 존재였다.

한마디로 애완동물을 까뒤집고 배를 보는 것처럼 미녀의 혈관 하나하나까지 그의 이목을 벗어날 수 없는 것이다.

수십 초가 흘러 이윽고 강천하는 손아귀에 힘을 뺐다. 그런 그의 눈빛이 일견 달라져 있었다.

"너 순혈이긴 한데 오래되지 않았어. 기껏해야 한두 달? 이거 참 재미있네. 아직까지도 살아남은 뱀파이어 로드가 있다니."

가까스로 눈에 초점을 찾아가던 미녀는 지금 들리는 말소리에 거의 까무러칠 것처럼 당황한 기색이 역력했다.

"말, 말도 안 돼…… 어떻게?"

미녀의 목소리를 들은 강천하는 가볍게 한숨을 지으며 말했다.

"어이, 그만 호들갑 떨고 일어나. 그리고 널 보낸 자가 아무 말 없지는 않았을 텐데? 귀족급 뱀파이어를 재미 삼아 내보낸 게 아니라면 말이야."

미녀, 어둠의 대마녀 테레사는 일순 수치심에 표정이 일그러졌다. 그러더니 좀 전과는 완전히 다른 분위기를 풍기며 벌떡 일어났다.

"어떤 제물을 바쳐야 이 더러운 일진에서 해방되는 거야, 아휴!"

짜증 섞인 중얼거림을 해대며 소파로 간 그녀는 엉망이 된 머리카락을 거칠게 빗어 올렸다.

이를 본 강천하는 잠시 황당하다는 표정을 짓다가 어깨를 으쓱하며 회장석에 돌아앉았다.

"거참 특이하네."

"흥! 당신은 안 그런 줄 알아요? 도대체 무슨 수로 나에 대해서 알아낸 거죠? 그리고 날 꼼짝 못 하게 한 기술은 또 뭐예요?"

"그건 내가 묻고 싶은 말이라고."

이렇게 대답한 강천하가 조금 모호하다는 어조로 말끝을 붙잡았다.

"너 원래는 마녀였지? 아! 지금도 마녀는 마녀구나. 아무튼 허접한 마녀는 아닌 것 같고……. 모르긴 몰라도 상급 악마랑 계약한 것 같은데, 내 말이 맞나?"

"……."

테레사는 이제 신음 소리도 안 나올 지경이었다. 마녀의 계약에 대해서 꿰뚫어 보는 인간이라니!

강천하는 특유의 빙글거리는 미소를 지었다.

"표정 보니까 맞네. 그런데 왜 그랬어? 오래 살고 싶어서? 너 정도 마녀면 귀족급 뱀파이어 부럽지 않게 수명을 늘리는 정도야 어려운 일이 아닐 텐데?"

장난스러운 말투였지만 테레사는 스스로도 이상하리만큼 강한 압박감에 빠져들었다.

"벌, 벌이에요."

"앵? 누구한테 벌을 받아? 뱀파이어 로드?"

"네에."

테레사가 기어들어가는 목소리로 대답했다.

"진짜? 거참 희한하네."

강천하의 고개가 갸웃거리며 흔들렸다. 뱀파이어 로드가 권속 중에서는 꽤 높은 서열이긴 해도 상급 마족과 계약한 고위 마녀 정도 되면 전혀 꿀릴 게 없었다.

"너 혹시 멍청하냐?"

"……!"

대뜸 들려온 지독한 무시에 위축되었던 테레사의 어깨가 부들거리며 올라갔다. 하지만 강천하는 일말의 신경도 쓰지 않고 가볍다 못해 건들대기까지 하는 태도를 고수했다.

"멍청하지 않으면 너 정도 되는 마녀가 왜 뱀파이어 로드 따위한테 벌을 받아? 부려도 모자랄 판에?"

'뭐 이런 인간이 다 있어!'

테레사는 화가 치밀다 못해 어이가 없었지만 결국 한 마디 항변조차 못한 채 입을 꾹 다물었다. 솔직히 틀린 말이 하나도 없었다. 반박하려면 현 뱀파이어 로드의 신분을 밝혀야 하는데 그녀로서는 그럴 수 있는 입장이 안 되는 것이다.

강천하는 그런 그녀의 모습에 혀를 한차례 차면서 다시 말했다.

"쯧, 커피 올 때가 다 되어가네. 자! 이제 결정해야겠다."

"......?"

"널 손님으로 대접할지, 불청객으로 치부할지 말이다."

강천하의 두 눈에서 잠시 삭아들었던 광망이 재차 이글 거리며 올라왔다. 하지만 이 광망은 오래지 않아 김빠진 탄산음료처럼 픽 꺼져 버렸다.

"아, 고만 좀 해요. 무서워 죽겠네, 진짜! 이거 가져가 요!"

휙!

강천하는 뭔가 날아오는 걸 보고 반사적으로 손으로 잡

아챘다.

"뭐냐, 이게?"

"보면 몰라요? 수정구잖아요. 저는 그걸 전해주라는 지시만 받았어요."

타로 점을 볼 때 흔히 등장하는 주먹만 한 크기의 수정구. 물론 그 자체가 이상한 건 아니었다. 여자의 투덜거림이 없었다면 말이다.

"노친네들이 지금도 무슨 중세시대인 줄 알아. 촌스럽게 수정구가 뭐야? 무거워 죽는 줄 알았네."

"……. 마녀가 할 소리는 아닌 것 같은데……."

공감이 가면서도 왠지 모르게 황당한 강천하였다.


*          *          *


부정한 족속의 마지막 보금자리.

아인종 최후의 보루.

잊힌 마도의 보고.

드 발락의 머릿속에 스치는 잊힌 어둠의 도시 '멘티스'를 정의하는 내용이었다.

'멘티스의 마인이 아니라면 이자는 누구인가?'

그가 가진 맹렬한 육체의 근육이 깊게 꿈틀거린다. 겉보기에는 너무도 육중한 몸으로 인해 뇌까지 근육으로 찼을 법한 보디빌더를 연상케 했다. 그러나 그는 합리적이며 직관적인 귀족의 혈통을 잇는 자.

그렇기에 자신의 되뇜 속에서 또 하나의 의문을 표출하기란 결코 어려운 일이 아니었다.

'이 내용이 진실이라면 이자는 한낱 인간이라고 볼 수 없다. 그래서 더욱 모르겠다. 이 프라임 마테리얼 플레인에 아로나 님 말고도 또 다른 마신성이 존재한단 말인가?'

이런 의문과 함께 흐릿하게 찍혀 있는 한 장의 사진이 그의 동공에 박혀들고 있었다. 불현듯 등장하여 멘티스를 흔들어 놓은 정체불명의 마인(魔人).

이해하기 힘든 노릇이었다. 누구라도 그럴 것이다. 이 척박한 세상에서 어둠의 도시에 머문 적이 없는 마(魔)의 사역자라니?

그렇기에 간과할 수밖에 없었다. 멘티스의 수뇌부가 그랬고 룬―에와즈(Ehwaz)의 표식을 대변하는 사도로서 '족속'의 모든 외부 활동을 총괄하는 드 발락 자신조차도 그랬다.

최근 수개월 동안 뉴욕을 근간으로 멘티스의 허락을 받지 않은 어둠이 퍼져나갔으나 이를 누군가의 일탈로만 치부하고 말았던 것이다. 기실 아주 드문 일도 아니었다.

일세기간 쌓인 족속의 욕구는 언제 터질지 모르는 활화산처럼 부글거렸고 특히 어둠의 족속이란 것들은 그 성향처럼 어디로 튈지 모르는 불똥이나 마찬가지였다.

그런데 그런 정도가 아니었다. 뭔가 심상찮음을 느꼈을 때는 이미 늦고야 말았다.

불과 수개월…….

이 짧은 시간 동안 사도들조차 놀랄 만큼 강대한 마도의 사역이 뉴욕의 뒷골목을 집어삼켰다.

나아가 그 변이는 어떠한가?

영혼, 정신, 육체로 이어지는 인간의 삼위는 신이 자신을 본떠 만들었다는 성서의 구절처럼 어떤 존재라도 쉽사리 깰 수 있는 성질의 것이 아니었다.

때문에 인간을 종속시키고 변질시키는 데 가장 능통한 고차원적 흑마법이나 흡혈귀, 늑대인간 같은 아종들의 피도 오랜 시간 공들여 일부의 변질만을 유도하는 정도였다.

특히 물질로 이루어진 육체는 작은 변이에도 생명을 잃는 경우가 많았다.

그런데 취합된 정보에 따르면 마피아의 돌격 대장을 자처하는 자 중 몇 명은 웬만한 부상에도 끄떡없는 재생력, 철골도 쥐고 부수는 강력, 맹수에 버금가는 활동력을 드러냈다고 한다.

진화라고 해도 과언이 아닌 이런 변이에 멘티스의 수뇌부가 발칵 뒤집혔고 십이 사도가 모두 소집됐다.

본래 그는 '소통'을 의미하는 수성의 표식이 아니라, 몽크의 체술과 막대무비한 힘을 바탕으로 군신의 상징인 룬─티와즈(Tiwaz)를 받기로 내정된 사도였다.

그런 그에게 에와즈의 표식이 부여된 건, 표면적으로는 순수한 인간이기에 외부 활동의 부담이 전혀 없다는 게 그 이유였다. 그러나 숨은 이유가 따로 있었다.

그는 추적자였다. 어둠의 흔적을 절대로 놓치지 않는 빛의 사냥개……. 빛의 힘을 쓰지만, 그 힘을 어둠의 보루인 멘티스를 위해 사역하는 자.

그런 입장이기에 드 발락의 육감은 이 생소한 어둠이 가진 지독한 순수함을 놓치지 않았다.

'분명 착각이 아니었다. 미약하긴 해도…….'

속내를 흐리는 그의 눈이 무겁게 감겼다. 이대로 단정 짓기에는 불확실성이 컸다. 때문에 천천히 생각을 돌이켰다. 몽크의 성찰은 수도자의 그것과 진배없다.

그 자신이 직접 뉴욕으로 가서 잡아온 변이된 마피아들.

그 변이의 근원을 캐기 위해 동원되고 있는 여러 마법과 마술, 실험들. 그러나 흑(黑)의 최고 권위자인 멘티스를 지배하는 다섯 장로조차 내놓지 못한 해답…….

번뜩!

발락의 감겼던 눈이 벌어지고 그 안쪽으로부터 섬광 같은 안광이 치솟았다.

"몰랐다?"

외마디 의문성과 함께 그의 턱 근육이 지렁이처럼 꿈틀거리며 불룩였다. 막연하게 느껴지던 뭔지 모를 불안감이 과거의 어느 기억과 매치되며 형상화를 이루기 시작했다.

그날과 현재는 십 년에 가까운 긴 세월로 멀어져 있으나 떠올리자면 마치 어제 일처럼 선명하다.

그날! 멸족해가던 인디언계의 비밀 집단인 사면의 부탁을 받아 러시아계 무장 조직인 스킨헤드의 본거지를 급습했던 날!

훗날 파괴자란 칭호를 받으며 십대 초인의 자리에 오른 그 자신은 당시 스킨헤드의 지배자인 우쿤을 압도적으로 이기고 상처 하나 없이 그 본거지를 빠져나왔다고 알려졌지만, 이는 외부에서 감시하던 첩자들이 내부의 상황을 제대로 몰랐기에 퍼진 소문이었다.

우쿤은 같은 초인들도 적대하길 꺼린다고 알려질 만큼 강한 인물이었다. 드 발락 역시 초인이라 불려도 손색이 없는 기량을 선보였지만 우쿤의 무식한 힘 앞에서는 역부족이었다.

결국 드 발락은 몽크 최후의 비술이라는 '자기희생술' 까지 사용하고 나서야 우쿤에게 치명상을 입힐 수 있었다.

생명력을 폭증시켜 체력으로 바꾸는 자기희생술은 잠시 동안 거의 무적에 가까운 치유력과 기력을 동원하게 하는 비술이었다.

그러니 겉보기에는 멀쩡해진 것 같아도 비술의 시간이 지나가면 틀림없이 죽게 된다.

치명상을 입은 우쿤은 복수를 다짐하며 도망쳤으나 실상 드 발락은 손가락 하나 움직일 힘도 남아 있지 않은 신세였다.

그렇지만 드 발락은 후회하지 않았다. 몽크의 수호를 받아 번성했던 인디언들이 과거를 잊고 이기적인 요구를 했음에도 이를 징치하기보다는 기꺼이 그 요구를 들어줬다.

비록 그 길이 죽음을 예감하는 길이라고는 하나…….

그렇게 죽음의 그림자가 짙게 드리워진 찰나!

신이 버렸던 세상이라 믿었건만, 진실로 위대한 신성이 그의 앞에 도래하였다.

죽음의 강조차도 물러나게 만든 궁극의 기적!

그의 육체에는 신비로운 어둠이 스며들었고 소진된 생명력을 대신해 그를 일으켰다.

그렇게 눈을 뜬 드 발락은 격동에 몸을 떨며 그가 취할 수 있는 가장 고귀한 몸짓으로 한 소녀를 품에 안았다.

과거에는 사면의 어린 무녀로서 이용만 당했던 가녀린 존재.

그러나 이제는 죽음조차도 경배해 마지않을 위대한 신성체.

[정의를 수호하는 몽크여, 그대에게 바랍니다. 버림받은 종족의 등불이 되어주세요.]

신성체 아로나.

이 위대한 존재의 음성에는 마치 신의 계시 같은 마성이 깃들어 있었다.

드 발락은 생각했다.

정의? 정의란 무엇인가!

균형과 수호야말로 몽크의 정의가 아니던가!

그는 신념을 버린 게 아니었다. 오히려 현재의 자신이야말로 진정한 몽크라 자부할 수 있었다.

그것이 설령, 빛의 반대에 선 어둠의 등불이라 해도 누가 있어 정의가 아니라고 비난하리!

몽크의 정의는 세상이 멸망할지언정 오롯하다. 스스로 자멸하여 뼈대조차 남지 못한다고 하여도 변치 않다.

그러나 이 혼탁한 지상에는 몽크의 정의가 남아 있지 않았다.

몽크의 관점에서 인간은 악이 아니다.

그러나 인간이 만든 현시대는 그 무엇도 비할 데 없는 절대악.

그는 깨달았다. 이 악의 시대를 청산코자 신의 가호가 가장 약한 족속 가운데 임한 것이라고. 또한 그로써 종래에는 세상의 균형이 바로잡힐 것이라고.

생식을 잃어가던 아인종들이 다시 잉태와 번성을 허락받았다.

멘티스에 웅크려 숨만 허덕이는 채 말라붙던 어둠의 권속들 또한 새로운 생명을 얻으며 태동을 시작했다.

그러나 태생이 어둠.

구원자의 등장에 환호하고 앙복하는 한편에 신성을 더럽히려는 시도 역시 빈번했다.

이 때문에 드 발락은 과거에는 악이었으나 이제는 약한 존재가 된 그들을 수호하면서도 신성에 대한 탐욕은 결코 용서치 않았다.

특히 멘티스를 지배하던 오대 흑현자.

이 약빠른 늙은이들은 지저 미궁의 가장 깊숙한 곳에서 온갖 협잡을 가했음에도 자신들의 힘만으로는 신성체를 넘볼 수 없음을 알게 되자 시치미 뚝 떼고 가장 높은 권좌를 만들어 갖다 바쳤다.

만약 신성체의 의지가 그들에게 '장로'라는 직위를 허락하지 않았다면 벌써 서른 번도 넘게 쳐 죽였을 터.

'아로나 님이 이 더러운 늙은이들을 권속에 둔 이유는 단 하나다.'

과거 어떤 사건을 기점으로 신성체 아로나는 자신의 권능을 키울 흑마법의 비의를 갈구했으나 이미 세상에는 흑마법의 비의가 거의 남아 있지 않았다.

신성체의 마력은 죽은 생명을 일으켜 세울 만큼 강력하지만 그것을 부림에 있어서 한계가 분명히 있었다.

아니, 정확히 따지면 인간이 가진 한계였다.

제아무리 바다를 덮을 만한 자원을 가졌다고 해도 방법을 모른다면 그 자원을 활용하지 못하는 것과 같은 원리.

그런 의미에서 오대 흑현자의 비의는 신성체의 그릇조차 채울 만큼 흑마법 최후의 보고라고 해도 과언이 아니었고 이는 드 발락 스스로도 분명히 인정하는 부분이었다.

'과거에도 아로나 님의 힘을 사명력이라 했다. 아로나 님의 절대 신성이 죽음을 주관하는 존재에 그 근원이 있음을 밝혀낸 것도 그들이다.'

그의 굵직한 미간이 혈관이 터질 정도로 깊게 좁아졌다. 동시에 번득이는 안광이 솟구쳤다.

'신성의 근원조차도 일부 알아낸 자들이 내가 감지한 사명력의 흔적을 놓쳤다고?

깊어진 의문이 행동으로 뒤바뀌는 데는 그리 오랜 시간이 걸리지 않았다.

CHAPTER **02**
맹주의 도전

바닥에는 지저분한 먼지가 수북했고 쓰다 버린 면장갑이
나 부서진 공구들이 흩어져 있었다. 엉성하게 매달린 형광
전구 하나만이 불안하게 흔들리는 컨테이너 박스 안쪽.

"아아! 이건… 꿈일 거야……."

민혜설은 지금의 현실이 꿈이라고 믿고 싶었다. 1분 1초
가 흐를 때마다 정신이 혼미해지는 기분이었다. 너무도 바
뀌어 버린 현실이 두려움으로 점철되며 이성을 잠식하고
있었다.

대외적으로 그녀는 이번 오련맹의 혈사에 지대한 공을

세운 사람으로 알려져 있었다. 그리고 그 공이 얼마나 큰지 구정회를 대표해 오련맹의 수뇌부와 회동을 갖는 데 양대 조직 어느 쪽에서도 이견이 없을 정도였다.

실상 그녀가 한 일은 강서린의 전언을 구정회에 전달한 정도밖에 없었지만 그 속사정을 살핀다면 이런 대우를 받고도 남는 것이다.

'절대자'에게 협력한 공로.

절대자의 등장을 알고 있는 인물들에게는 결코 적다 할 수 없는 크기의 공로인 것이다.

이로써 민혜설은 구정회의 대표 중 한 사람이 돼서 양대 수뇌부의 회동 자리에 참석하는 파격적인 대우를 받게 됐다. 연배만 따져 봐도 실로 전례에 없는 대우를 받게 된 것이다.

물론 그 바탕에는 그녀의 덕을 보고자 하는 오대 세가주들의 계산이 없잖아 있었다. 검치를 제외하면 절대자의 호의를 산 유일한 인물이 그녀였으니까.

어찌 됐든 민혜설 본인으로서는 뒤늦게 들은 강서린의 정체에 얼떨떨함이 채 가시지도 않았으나 굳이 마다할 상황도 아니었다. 아니, 어깨에 절로 힘이 들어가고 쏟아지는 칭찬에 웃음을 참기 힘들 정도였다.

불과 하루 전만 해도.

"아아악!

가까스로 버티고 서 있던 그녀는 찢어지는 비명을 내지르며 그 자리에 주저앉았다.

정체를 알 수 없는 섬뜩한 기운이 신경 하나하나를 잠식해 들어가는 기분이었다.

이런 상태가 조금만 더 지속된다면 지독한 공포심에 정신이 파괴되어 버릴 것만 같았다. 아무리 눈을 감고 지우려고 해도 한 폭의 지옥도가 너무도 생생하게 동공 속을 헤집고 있었다.

이렇듯 공황 상태에 빠져 있는 그녀의 이성에 가느다란 현실 감각이 일깨워진 건 나직하지만 다급한 기색의 육성이었다.

"정신을 차리시오. 어서!"

"아아, 누구……."

"시간이 없소. 정신을 차리고 나를 보시오. 모르겠소?"

민혜설은 혼미한 와중에도 눈을 뜨려고 애썼다. 뿌옇던 상대는 눈을 깜박일수록 조금씩 선명해졌다.

"나를 보시오. 일전에 맹주가 주최하는 연회에서 그대의 아버지가 그대를 내게 소개시켜 준 적이 있소."

민혜설은 급속도로 이성을 되찾았다. 무인이자 의원으로 쌓은 정신력이 귀에 닿는 사람의 음성에 반응하며 되살아난 것이다.

"당신은… 손위량 군사님?"

극도로 초췌한 안색의 중년 남자가 깊은 숨을 내쉬며 고개를 끄덕였다.

"기억하고 있다니 다행이오."

조금 멍한 것처럼 보이던 민혜설의 눈빛이 순식간에 바뀌었다. 날카롭다 못해 살기마저 띠울 만큼 서늘한 빛으로.

"그 미치광이가 보내서 온 건가요?"

손위량은 뒤바뀐 민혜설의 태도에 서글픈 감정이 솟구침을 느꼈다.

'아마 모두가 날 욕하겠지. 희대의 혈귀에게 충성한 최악의 모사라고.'

일평생 북궁가에 헌신했고 주군의 영화를 위해 온갖 더러운 짓도 마다하지 않았다. 천하제일의 영광을 주군에게 안길 수만 있다면 피가 비처럼 쏟아지는 혈사를 벌인다고 해도 눈 하나 깜짝하지 않았으리라.

손위량의 눈이 무겁게 감겼다가 뜨였다.

"지금부터 내가 하는 말을 잘 들으시오. 잠시 뒤에 내가 주의를 끌 테니 곧장 이동기에 올라타고 전력을 다해 이곳을 빠져나가시오."

민혜설은 조금 놀란 표정으로 반문했다. 일부로 잡아와

놓고 갑자기 풀어준다고 하니 쉽게 믿지 못하는 게 당연했다.

"지금 날 놀리는 건가요?"

"그런 게 아니오. 그대가 반드시 전해야 할 밀지가 있소."

손위량의 억양은 간절하게 느껴질 만큼 침중했다. 이쯤 되니 민혜설도 뭔가 이상한 낌새를 알아차렸다.

"설마 배신을……."

중얼거림 같은 그녀의 목소리에 손위량의 눈이 깊게 감겼다가 뜨였다.

"이제 와서 배신이 무슨 의미가 있겠소? 또한 이 손 모의 충심은 죽어서도 변함이 없을 것이오."

"그럼 왜죠?"

"자세한 사정을 말할 여유가 없소. 어서 이 밀지를 가지고 일어서시오."

민혜설은 손위량이 내민 백색 봉투를 거머쥔 채 떠밀리듯 이끌려 나갔다.

밤이 지나고 있었으나 그녀가 머리 위에는 별빛 하나 없는 암흑만이 밀려들고 있었다.

*　　　*　　　*

손지연이 차분하지만 심각해진 표정으로 강서린을 마주
보고 있었다.

"도련님께서 백두산에 가 계신 동안 큰 사건이 터졌어요.
오후 늦게 열린 구정회와 오련맹의 회합 자리에 일단의 괴
한들이 들이닥쳐 사람들을 죽이고 납치 행각을 벌였다는
급보예요."

"괴한들?"

내용의 파격성에도 불구하고 강서린은 약간 인상을 쓰며
되묻는 정도였다. 확실치 않은 걸 싫어하는 그다운 반응이
었다. 이어지는 손지연의 대답이 더욱 가라앉았다.

"방범용 기록 장치는 회합의 비밀 유지 문제로 꺼뒀다고
합니다. 그리고 납치된 분들을 제외하면 사실상 전부 사망
한 마당이라 증언해 줄 사람도 마땅치 않아요. 딱 한 사람
이 살아 있기는 한데……. 심각한 중상을 입어 의식 불명
상태에 빠져 있다고 합니다."

"그게 누구지?"

"도련님도 만나 보셨다던 구정회의 회주란 분이에요."

"그렇단 말이지? 그 정도 되는 자가 구사일생으로 살아
나왔다면 세가주란 자들이 납치를 당했겠군."

강서린은 알았다는 듯 고개를 끄덕이며 중얼거렸다. 일

전에 보았던 구정회주 백무성이란 인물은 그로서도 인정할 수 있는 강자였다. 파동만 따진다면 세가주란 자들이 전부 합공을 해도 이길까 말까 한 강자랄까?

어쨌든 그런 강자조차 치명상을 입고 탈출했다면 오련맹의 수뇌부인 세가주들은 보나마나였다.

사실 이쯤만 해도 그로서는 별다른 감정의 동요를 느끼지 않았었다.

유혈 다툼이 빈번한 막후 조직들의 모습을 뿌리까지 알고 있기에 가능한 냉정함이었다.

게다가 필요해 의해 오련맹의 일에 개입한 것이었고 면식이 있는 인물도 남궁관악 정도가 유일한 상황이었다.

그런데 이어서 덧붙이는 손지연의 말소리에는 달랐다.

"도련님 추측이 옳아요. 아직까지 수습된 시신 중에서는 오련맹의 가주들이 없는 걸로 들었습니다. 그리고 한 사람이 더 있어요. 도련님과 친분을 나눈 적이 있는 민혜설이란 아가씨가 소림사의 사절 자격으로 참석했다가 납치에 휘말린 듯해요."

"민혜설? 확실한 건가?"

무심했던 강서린의 어조에 짜증이 섞여 들었다. 손지연의 언급처럼 사소한 친분 때문만이 아니었다.

민혜설은 성승이 친손녀처럼 아끼는 여자였다. 민혜설에

게는 내색치 않았지만 과거 소림사에 머물 당시, 성승으로부터 여러 차례 '내게 혜설이라는 이름을 가진 사손의 딸이 있는데 참으로 어여쁘니 한번 만나보지 않겠느냐?' 라는 농 섞인 말을 들은 적이 있던 그였다.

강서린은 입매를 슬쩍 비틀며 나직한 어조로 중얼거렸다.

"멍청한 중국 놈들. 방만한 인력을 성급히 움직였으니 후환이 생길 수밖에."

"저도 그렇게 생각해요. 분명히 세가 연합에서 일 처리를 어설프게 했어요. 하지만 맹주라는 이자도 보통은 아닌 게 확실해요. 도망친 지 불과 삼 일 만에 연합의 수뇌부를 쳤어요. 무모한 인물이 아니라면 미처 쓰지 않고 숨겨둔 힘이 그만큼 강했다는 소리죠. 그리고……."

손지연이 무슨 이유에서인지 말끝을 흐릴 즈음, 강서린은 그 나름대로의 결론을 내리고 있었다.

'녀석들을 불러야겠군.'

강서린은 구미에 맞지 않지만 외부 인력을 동원하기로 마음먹었다. 우선적으로 청와대에서 잡아둔 귀국 날짜가 코앞인 탓이었다.

이쪽 상황이 급하다고는 하나, 아버지의 사회적 지위나 부자지간의 신의 등을 무시하고 함부로 행동할 만큼 그의 성정은 얕지 않았다.

왠지 모르게 머뭇거리던 손지연의 귀로 강서린의 나직한
말소리가 흘러들었다.

"녀석들을 불러라. 녀석들이라면 놓치지 않고 찾아낼 수
있겠지."

"네?"

"굳이 많은 인원을 불러 상대할 필요는 없다. 검치 늙은
이와 협력해서 추적을 전담하라고 하도록."

"설마 G6을 말씀하시는 건가요?"

"그래."

"으음, 도련님 그게……."

손지연은 당혹스러운 표정을 지었다. 그리고 이런 그녀
의 반응은 강서린의 미간을 좁아지도록 만들기에 충분했
다.

"왜 그러지?"

강서린은 무슨 일이 있냐는 눈빛으로 손지연을 보았다.
처음 겪는 일도 아닌데 왜 그러냐. 딱 그런 눈빛이었다.

그의 눈빛을 접한 손지연은 속으로 쓴웃음을 지었다. 드
물긴 하지만 일인무적이라는 도련님도 필요하다면 다른 인
력을 이용하는 경우가 있었다.

하지만 그중 대다수는 자신이 주도한 셈이라 지금처럼

도련님이 먼저 지시한 경우는 몇 번 되지 않았었다. 그래서 의심을 하긴 했는데, 설마 정말로 도련님이 아무것도 모르고 있을 줄이야…….

너 이상 지체할 수 없다고 느낀 손지연은 한숨을 내쉬며 말문을 열었다.

"하아, 어제 도련님이 백두산으로 향하시고 얼마 안 돼서 박 실장님을 통해 치우회 쪽에서 연락이 왔어요. 대장로라는 분이 보낸 지원 인력이 당도했다며 도련님이 오시면 전달해 달라고요. 그래서 저는 혹시나 출국 전에 도련님과 얘기가 끝난 건가 생각했어요."

강서린의 얼굴이 굳어졌다. 손지연의 보고를 듣고 뭔가 집히는 게 있는 것이다. 잠을 자지 못해서 올라왔던 짜증 섞인 눈빛도 이글거리며 선명하게 바뀌었다.

그런데 이게 다가 아니었다.

손지연은 겨우 이 정도 내용을 말하려고 머뭇거릴 만큼 담이 작은 여자가 아니었다.

그녀는 입안이 마르는 기분으로 조심스럽게 말끝을 이어갔다.

"더 중요한 문제가 남아 있어요. 납치 살해 사건이 벌어지고 약 1시간 뒤에 납치된 가주들의 걸로 의심되는 잘린 팔들이 오련맹의 북경지부 앞에 던져졌다고 합니다. 그리고 그 팔들에는……."

손지연은 말끝을 흐리며 품에서 백색종이 한 장을 꺼내
앞으로 건넸다. 종이는 깨끗한 A4용지였고 여성 특유의 유
려한 글씨체가 적혀 있었다.

그렇게 몇 초나 흘렀을까?

"재미있군."

강서린은 웃었다. 종이에 적힌 의미는 명확했다. 그 안에
숨은 의도도 알 것 같았다.


─검존을 죽여라! 그 사지를 갈가리 찢어 위대한 북천루 앞에 내
던져라! 그렇지 않을 시에는 내일 밤 자정부터 가주들의 사지가 하
나씩 잘려나가리라!


짜증이 깨끗하게 가셨다. 강서린은 협박에 깃들어 있는
노골적인 상대의 의도를 읽었다.

의식하지도 않았는데 전신에서 차가운 기운이 일어나 주
변의 공기를 식혔다.

오랜만에 느끼는 분노에 몸이 저절로 반응한 모양이었
다.

"도련님……."

손지연은 조금 우려 섞인 목소리로 중얼거리듯 불렀다.

그녀의 입장에서는 당연했다.

자칫 오대 세가가 가주를 지키기 위해 무리한 행동을 감행할 수도 있었다.

그리고 그런 경우, 그녀가 아는 강서린은 절대 사정을 배려하며 상대해 주는 사람이 아니었다.

"내일 아침에 북천루란 곳으로 가겠다. 차를 준비하도록."

"네? 그곳을 왜?"

손에 든 종이를 단숨에 꾸긴 강서린은 엄숙하게 나무라듯이 말했다.

"감각을 잃었군. 적은 나에 대해서 알고 있다. 그러니 협박은 장난질일 뿐이고 이건 초대장이라고 봐야겠지."

"으음."

강서린의 말에 손지연은 작은 침음을 흘렸다.

감히 도련님한테 누가 힘으로 덤벼?

자신이 이런 관념에 젖어 상대의 뻔한 유인책조차 파악하지 못했음을 깨달은 것이다.

"내일 맞춰진 귀국 일정을 최대한 늦추도록 할게요."

"알았다. 물러가라."

강서린은 이미 돌아선 채 침실로 걸어가고 있었다.

손지연은 아직 더 물어볼 게 남아 있었지만 어쩔 수 없이 인사를 하고 물러났다.

당장 귀국 일정을 조정하는 일도 그렇지만, 발칵 뒤집혀 있을 양쪽 집단에 이런 도련님의 의중을 전달하려면 밤을 꼬박 새워야 할지도 몰랐다.

CHAPTER **03**
수호자의 기억

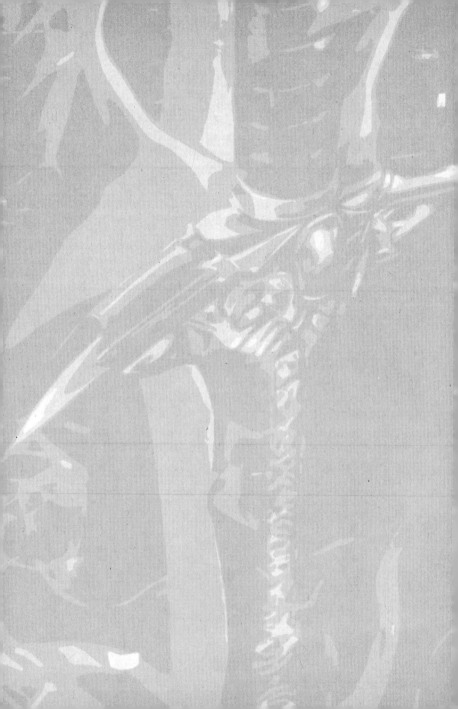

외국의 귀빈들이 주로 머문다는 북경 호텔의 VIP급 객
실.

기잉!

기계식 모터 소리와 함께 발코니를 가리던 암막 커튼이
좌우로 밀려났다

햇빛을 느낀 강서린은 가볍게 눈을 떴다. 그의 상체는 뒤
척임 없이 일어났다.

"이르군."

햇볕이 내리쬐는 각도로 봐서는 대략 오전 8시쯤. 잠에

서 깨기에는 확실히 이른 시각이었다. 게다가 호텔로 돌아온 시간이 새벽 2시쯤이니 평소 같으면 점심나절까지 잠에서 깨지 않았을 것이다.

강서린은 슬쩍 목을 풀면서 침대 밖으로 발을 뻗었다. 무던한 그로서도 늦잠을 자기 힘들 만큼, 지난밤에 그를 향했던 손지연의 보고는 시급함을 요하고 있었다.

아침의 햇볕이 조각 같은 상체를 훑고 지나갔다.

강서린은 한쪽에 걸려 있는 셔츠의 보호 커버를 내렸다. 블랙 셔츠가 잘 다려진 채 모습을 드러냈다.

단숨에 셔츠를 걸친 강서린은 탁상 위에 있는 무선 폰의 스위치를 누르며 한마디를 던졌다.

"일어났다."

약 2~3분 뒤에 로비에서 대기하고 있을 손지연과 박건욱이 올라올 것이다.

강서린은 차가운 물 한 잔을 들고 곧장 발코니로 걸어가 아침 바람을 끌어안았다.

"시원하군."

스모그로 뒤덮인 북경 시내가 한눈에 들어오고 있었다. 썩 보기 좋은 풍경은 아니지만 다른 의미에서의 장관이었다.

차가운 바람을 한번 들이켠 강서린은 천천히, 그리고 선

명하게 잠들기 전에 오갔던 몇 분의 대화를 복기하기 시작
했다.


"지맥이란 말 들어봤어?"

"풍수지리에 나오는 그 지맥 말인가?"

"맞아. 천지를 운행하는 조화 중에 땅의 길을 가리켜 인
간들은 지맥이라 부르지."

"그래서 하려는 말이 뭐지?"

"좀 진득하게 들어봐. 이제부터 하려는 설명은 네가 듣고
자 하는 대답과 깊은 연관이 있다고."

"알았다."

"휴우, 너란 인간은……. 아무튼 계속하지. 내가 지맥을
아냐고 물은 이유는 지맥이 천지운행의 조화 중에 일부이
기 때문이야. 인간의 몸으로 치면 뼈대 정도에 해당하지.
인간의 뼈가 쉽게 변하지 않는 것처럼 지맥도 마찬가지야.
단단하고 잘 변하지 않아. 그래서 인간들도 지맥에 대한 지
식을 만들 수 있었지. 하지만 그보다 깊이 들어가면 인간이
알기 어려워. 너희가 천기라고 부르는 것이 그래. 인간이
하늘을 본다고 그 깊이를 잴 수 있을까? 인간뿐만 아니라
필멸하는 존재는 그 무엇도 다르지 않아. 소위 깨달았다고
하는 인간 중에 정신 나간 애들이 천기랍시고 떠드는 경우

가 있는데, 이건 진짜 멍청한 짓이라고. 확실히 알지도 못하면서 떠드는 건 부작용이 더 크거든. 아, 말하다보니까 열 받네. 지들이 하늘을 알아? 개뿔!"

"너 신 맞나?"

"크크, 뭐 나도 개들처럼 정신이 나간거지. 갇혀 있다는 게 그런 거거든. 뭐, 계속 듣다보면 이해가 될 거야."

"흠……."

"천지운행의 조화에는 영맥이란 것도 있어. 아까 말했던 지맥이나 천기랑도 연관된 부분이 있지만 대체적인 면에서는 완전히 달라. 만물의 이면에 흐르는 보이지 않는 강이라고나 해야 할까? 으음, 역시 사람의 말로는 표현하기가 어렵네."

"짜증나는군. 본론만 말해라."

"하아, 넌 신의 비밀스런 지식을 듣는데……. 이크, 알았어, 알았다니까? 흠! 아무튼 이 영맥의 강이라는 건 굉장히 중요해. 영혼의 근원 요소인 영기가 흐르고 있거든. 쉽게 말하면 이런 거야. 인간의 대부분은 죽어도 끝이 아니라고 믿지? 윤회나 환생 같은 그런 거 말이야."

백아영의 희고 고운 손가락이 문득 탁자 위의 화분을 가리켰다.

"그럼 여기 이 꽃은 어떻게 될까? 사람이 아니라서 죽으면 그냥 끝나는 걸까? 이 꽃도 생명이란 측면에서 보면 너희 사람하고 다르지 않은데?"

꽃을 가리키며 말하는 백아영의 모습이란 꽃보다 더한 미적 아름다움을 드러내고 있었다.

강서린 역시 사내이기에 그런 모습에서 미적 기준이 충족됨을 느꼈지만, 그 안에 숨은 겹쳐진 존재감을 읽고 있기에 감정의 동요는 느끼지 못했다.

외려 그의 감정을 자극한 쪽은 점차 깊어지는 상대의 이야기였다.

"하찮아 보이는 이 작은 꽃도 제대로 성장했을 때는 영질이란 게 커지게 돼. 이른바 영혼이 강해진다는 거지. 그리고 그런 생이 반복되면 격이……. 그러니까 영격이 달라져. 그리고 이 영격으로 인해 다음 생애에는 조금 더 상위의 종으로 태어난다는 거지."

"사람도 그렇다는 건가?

"물론 큰 틀에서는 비슷해. 그런데 결정적인 차이가 있어. 이 꽃을 키워낸 씨앗이 최하점이라면 사람은 임계점이야. 최하점에서 영질을 잃어버리면 그걸로 끝이야. 영기로 환원되는 거지. 반대로 사람은 종의 끝자락이라고나 할까? 현재 너와 내가 존재하는 이 세상에서는 그래. 아무튼 그러다 보니 영질이 강해진다고 해도 종이 달라질 순 없어. 어중간한 상태라면 다시 인간으로 환생할 뿐이지. 그런데 그렇지 않고 진정으로 영격이 올라갔다면……. 초월하게 돼. 육체를 포함한 현상계의 모든 얽매임에서 탈피하여 신 같은 고차원적인 존재가 되는 거지."

"그래서 너는 뭐라는 거지? 너도 초월한 존재라는 건가?"

"아니, 난 달라. 나는 존재 자체가 천지운행의 일부이자 세상의 구성요소였지. 자연계로 비유하자면 꽃밭의 벌이라고 생각하면 된다. 무수히 많은 벌들의 의지 하나하나가 바로 나라는 존재였다. 그런데… 그런데!"

불현듯 백아영의 모습에서 지독한 분기가 뿜어졌다.

그러다가 뚝!

마치 다른 사람이 된 것처럼 가라앉은 신령의 태도가 곧바로 강서린에게 향했다.

"내게 각인된 기억이다. 내가 꿈에서 현몽하는 것과 같은 원리야."

강서린은 눈을 약간 가늘게 뜨고 주위를 훑어보았다. 놀랍게도 꽉 막혀 있던 거실이 드넓은 평지로 바뀌고 있었다. 현실 감각 자체가 변한 건 아니었다. 마치 다른 사람의 눈으로 세상을 보는 것 같은 기묘한 상황만이 눈앞에 펼쳐지고 있었다.

강서린은 대놓고 인상을 쓰며 중얼거렸다.

"이런 게 있으면 진즉에 좀 하지 그랬나?"

사기를 당했다는 생각이 뇌리를 스쳤다.

그런데 강서린은 모르고 있었다. 수호자는 본래 그의 육체를 차지하고 '검'의 힘을 이용하려 했지만, 그게 불가능함을 느끼고 고육지책으로 인간이 알아서는 안 될 관리자의 비밀까지 털어놓은 것이다.

"기억을 보여줄 수는 있지만 제대로 된 지식 그 자체는 전달하지는 못해."

"빌어먹을, 그게 그 말이지."

*　　　*　　　*

강서린은 마치 영화를 관람하는 것처럼 관찰자적인 입장이 되어 수호자의 기억을 공유하기 시작했다.

마치 파노라마처럼 흐르기 시작한 이 기억은 현대에는 잊혀진, 그러나 실존했던 이면의 세계를 배경으로 하고 있었다.

현대의 사람들은 한낱 미신이나 종교로 치부하던 영적인 세계. 천사와 신선, 악마와 귀신, 요정과 요괴 등으로 불리던 존재의 세계가 실존했고 그리 오래지 않은 과거까지도 세상을 이루는 거대한 축이 되어 움직였다.

문제는 이러한 영적인 세계, 즉 영계가 인세의 동방과 서방을 거점으로 극명히 대립하고 있다는 사실이었다.

특히 인세에 신으로 추앙받는, 이른바 '고위 영격체' 간의 대립은 언제 터질지 모르는 시한폭탄이나 마찬가지였다.

이들은 하나같이 세계의 통합을 원했다. 동서로 나뉜 반쪽짜리 지배에 만족하기보다 일원화된 세계의 진정한 절대자가 되고 싶어 했다.

당시 서방의 영계는 오랜 세월 다져진 종교란 무기를 기반으로 인세에 대한 지배력이 동방에 비해 월등한 수준이었다.

인간에 대한 지배력은 고위 영격체의 권능과도 직결된다. 인간의 추앙과 신앙에서 뿜어지는 엔트로피는 권능을 키우는 가장 확실한 열매. 기나긴 세월 동안 이 열매를 수확한 서방의 고위 영격체들은 진정 신에 근접한 존재라고 해도 과언이 아니었다.

하지만 이로써 서방의 영계는 각자가 유일신을 자처하며 끊임없는 반목과 종교 전쟁을 이어갔다.

이에 비해 동방의 영계는 사정이 좀 달랐다.

모래알처럼 많은 신들이 만들어지고 사라졌으며 그만큼 서방에 비해 인세에 대한 지배력이 떨어졌다.

그럼에도 동서의 균형이 유지된 건, 동방 안의 또 다른 인세라고 해도 과언이 아닌 무림이란 개념으로 인해서였다. 무림은 그 자체가 영원히 끊이지 않는 영질의 보고였다.

고착화된 서방과는 달리 동방의 무림은 끊임없이 초월인을 배출했고 이는 곧 동방 영계의 세력을 키우는 밑거름으로 작용했다.

또한 물리적인 인력으로도 무림의 힘은 서방의 거대 제국들을 훨씬 상회했다.

그리고 그런 무림의 역사 뒤에는 '삼신존'이라는 신과 같은 영격체 셋이 존재하고 있었다.

수호자의 기억은 이 대목에 이르러 전혀 다른 국면으로 바뀌었고 강서린의 눈빛이 강렬해지기 시작한 것도 같은 시점이었다.

과거 동방의 영계에서 전해지던 '천령체'라 불린 신체. 수호자의 기억은 이 신체를 가리켜 무림을 변혁시키는 지존의 신체라 하였고 파국의 시발점이라 부르며 다시 이어졌다.

천령체.

강호의 호사가들이 입방아를 찧던 천무지체나 천강지체 등은 모두 이를 두고 하는 말이었다. 그러나 서방과의 전쟁

을 앞두고 삼신존은 이와 반대되는 개념의 신체를 만들었
다.

바로 '천마체'였다.

이 천마체는 마의 정화를 모으는 식으로 만들어지는데
무림의 비처에는 1천 년에 가까운 세월 동안 마인이 갇혀
죽으며 만들어진 암흑의 구렁텅이가 있었다.

훗날 천불총이라 불리는 지하 감옥이었다.

때가 되어 천불총의 모든 마의 정수가 한데 모였고 사상
최악의 천마체가 탄생하기에 이르렀다.

사실 천마체는 당시가 처음이 아니었다. 그 탄생 빈도가
극히 적었으나 간혹 고인 상태인 무림을 뒤집기 위해 마인
이면서도 천리의 보살핌을 받는 역설적인 경우의 절대자가
탄생하기도 했다.

이럴 경우는 너무 강해서 정사마를 통틀어도 그저 독보
적으로 군림하는 경우가 많았다.

그 대신 후사가 없거나 몇백 년은 완전히 잊힌 것처럼 사
라지게 만들곤 했다.

즉, 마의 정수로 만들어진 천마체라도 이미 이에 합당한
인과율에 묶여 있다는 사실이었다.

때문에 여기서 그쳤다면 결코 파국은 닥치지 않았을 터
였다.

진정한 파국의 원흉은 삼신존의 무리한 도박에 있었다.

이들은 천마체를 기본으로 하여 천령체를 합일시킨 '일천무극지체'라는 초유의 괴물을 탄생시켰다.

본래 같으면 하나만으로도 세상을 움직일 힘이 두 개가 되었고 이도 모자라 합일까지 하였으니 이야말로 절대무적.

일천무극지체는 천리의 지상 대행자로서 고위 영격체들조차 어찌할 수 없는 존재가 되었다.

그는 주어진 운명에 따라 서방으로 건너갔고 불과 백여 년 만에 서방의 모든 비전과 운명을 멸살시켜 버렸다.

과거 중세의 암흑기가 시작된 것도 바로 그런 까닭이었다.

일천무극지체의 근본은 마인이기에 선이 먼저 멸해지고 암흑이 흥한 셈이었다.

멋모르던 어둠의 종족들은 암흑의 시대가 왔다며 기뻐 날뛰었으나 사실 그들의 앞날에도 멸망이 예견되고 있었다.

그러나 이런 일천무극지체의 활약에도 불구하고 삼신존의 목적은 완전히 틀어져 버렸다.

길고 긴 세월의 변천 속에서 신들조차 모르는 사이에 만들어진 동과 서의 인과율 때문이었다.

때가 돼서 전쟁이 벌어지지만 절대 어느 한쪽만 홍하지 못한다.

마치 살아 숨 쉬는 생명체 간의 상호작용처럼 한쪽의 힘이 커지면 반드시 그에 상응하는 힘이 다른 한쪽에서 나타나곤 했다. 신들의 세상에서 '천리'라고 불리는 섭리의 법칙이었다.

마지막 때의 전쟁도 본래는 그와 같아야 했다.

일천무극지체로 말미암아 서방에서도 그와 비견되는 인과율이 발생해야 했다.

그런데 운명을 끝내고 인세에서 사라져야 할 일천무극지체의 자아가 돌연 말도 안 되는 분열을 시작했다.

사실 이런 정도는 신에 필적하는 고위 영격체들이라면 어떻게든 대처할 수 있었다.

진정 큰 문제는 그 다음이었다.

단순한 자아만 분열된 게 아니라 천리를 품고 있는 자아가 완전히 독립되어 떨어져 나간 것이다.

천리는 당사자를 세상의 주인공으로 만들어주는 가장 강력한 인과율이지만 바꿔 말하면 절대로 떨칠 수 없는 족쇄와도 같은 개념.

즉, 하늘 아래 모든 만물은 천리를 거스를 수 없음과 같은 이치였다. 그런데 그런 일이 벌어졌다.

인류를 말살시킬 수 있을 만큼 강대한 피조물임에도 천리를 벗어난 존재라니!

신들의 세계가 격동에 빠졌다.

탈운명. 섭리에서 벗어난 특이점.

먹고 또 먹어 세상 그 자체를 멸망시킬 괴물의 탄생. 하지만 이를 알았다고 해도 어떻게 손쓸 수 있는 방법이 없었다.

제아무리 신으로서 군림하는 그들이라지만 그 본질은 정신 생명체에 불과했다. 유한자임에도 자연마저 뒤흔들 만큼 강력한 힘을 가진 일천무극지체는 이미 어떤 방식으로도 제제할 수 있는 존재가 아니었다.

결국 섭리의 반작용이 일어났다. 끝없이 흡입하여 영맥마저 먹어치울 괴물로부터 세상 그 자체를 유지하기 위해 영맥의 강이 닫힌 것이다.

영맥이 닫히면서 세상의 신비는 그 효능을 잃어버렸다.

흡기의 공능이 사라졌고 마법의 신비가 사라졌다.

신들의 세계도 다르지 않았다.

영계에 속한 무수히 많은 존재들은 영맥에 흡수되거나 완전히 분해되어 수십, 수백, 수천의 피조물로 분열하며 다시 태어났다. 동서의 영계는 완전히 멸망하였고 신으로서 군림하던 고위 영격체들 또한 그 영향력의 대부분을 잃어

버렸다.

억겁을 이어오던 신들의 세계가 종말을 고한 것이다. 그로부터 불과 백 수십 년. 세상은 완전히 달라져 있었다.

[여기까지는 내 기억이면서 내가 아니야. 지금의 나는 한참 뒤에 각성했으니까.]

강서린은 이런 수호자의 언질과 함께 눈앞의 광경이 3인칭에서 마치 1인칭처럼 바뀌는 걸 감지했다.

[나는 영맥으로 돌아갈 자격을 잃고 한 인간의 몸에 스며들었어.]

떠돌이 무사의 아이를 임신한 홍등가의 기녀.

태어난 아이는 보잘것없는 환경을 갖고 있었지만 마치 하늘의 보살핌을 받는 것처럼 기연이 겹치며 위대한 무인으로 성장하였다.

그는 자신의 사문인 태허문을 일약 한반도 최강의 무맥으로 키워냈고 최고의 미녀에게 사랑을 받았으며 충성스런 수하들을 거느렸다.

일점 후회도 없는 완벽한 인생.

그러나 때가 되어 무인은 자신의 사명을 자각하였다. 아니, 완전히 다른 사람으로 탈바꿈하였다. 사람처럼 생각하고 사고하지만 스스로를 사람이라 여기지 않는 존재로.

무인은 제한적이긴 해도 피조물에게 허락되지 않은 하늘

의 지식에 접근했고 또 깨쳤다.

그중 하나가 바로 '전륜의 검'이었다. 이 검은 이른바 하늘의 의지조차 예기치 못한 규격외품이었다.

물론 규격외품이라고 해도 하늘 아래 속해 있으니 검 자체의 운명은 하늘의 뜻에 달려 있었다.

하지만 어떤 존재든 검을 쥐는 순간부터 하늘이 허락한 운명을 거슬렀다.

규격외품이란 태생처럼 검 자체에 내재된 힘도 하늘의 뜻에 순응하지 않은 셈이었다.

때문에 '검'에게 주어진 하늘의 뜻은 '존재하되 역할이 없다'였다. 한낱 바위 덩어리도 그 지닌바 소임이 있으나 이 검은 '검'이란 태생적인 운명 자체에서 배재된 셈이었다.

하지만 공교롭게도 그런 '검'이기에 특이점을 깰 수 있는 유일한 예외가 될 수 있었다.

즉, 섭리에서 자유로운 검의 힘만이 섭리를 이반한 존재인 일천무극지체를 없앨 수 있다는 이치.

무인은 일천무극지체를 없애 세상을 본래의 모습으로 돌리고자 하였다.

그러기 위해서는 검이 필요했다. 또한 일천무극지체의 힘을 빼고 잡아둘 만한 강력한 그물을 만들어야 했다.

때문에 무인은 천마(天魔)가 되었다.

인간 시절의 근본지이던 한반도를 도탄에 빠뜨렸고 문파와 도당을 무너뜨렸다. 그러나 한편으로는 태허문의 문주이자 한반도 최강의 고수로서 '천마를 잡자'고 사람들을 선동했다.

그렇게 한반도에 거하던 수많은 기인이사가 자신의 생명과 혼을 받쳐 태허마령지심진을 이루었다.

무인의 계획대로 일천무극지체의 힘을 뺄 강력한 그물이 완성된 것이다.

이제 남은 건 전륜의 검을 구하는 일이었다.

그런데 이 목적은 시작도 하지 못한 채 어그러졌다.

영맥이 닫혔음에도 무림의 남은 힘을 이용해 생존해 있던 삼신존이 돌연 전 무림의 힘을 집결시켜 일천무극지체를 상대할 함정을 파둔 것이다.

무림의 전설적인 고수들 스물일곱 명이 불사천강시가 되었고 이도 모자라 각 대문파의 정예 1천 명이 자신의 목숨을 담보로 한 무한만상진의 일부가 되었다.

표면적으로는 삼신존이 최대 최후의 힘을 모아 자신들의 과오를 돌이키려 하는 것처럼 보였다.

하지만 그 안에는 무인만이 눈치챈 커다란 농간이 숨어있었다.

바로 고위 영격체가 생존할 수 있는 또 다른 영계의 구축.

무림인들의 피륙과 혼백, 그들이 품었던 기운을 이용한다면 저급하긴 해도 일정 부분 지상의 영계화가 가능했다.

물론 이뿐이라면 애당초 무인이 나설 필요까지는 없었다.

스스로 천리임을 각성한 무인 자신에게 중원 무림인들의 생사 따위는 하등 가치가 없는 문제였다.

오히려 이들이 일천무극지체의 힘을 빼놓거나 봉인 등의 형태로 시간을 벌어준다면 그건 그 자체로도 호재였다.

하지만 여기서 그치지 않고 일천무극지체를 이용하려 한다면 얘기가 달랐다.

삼신존은 고위 영격체만의 지식을 이용해 불사천심기둥이란 걸 만들었다. 이 기둥의 목적은 일천무극지체가 품고 있는 거대한 기운을 흡수하여 일종의 영맥처럼 작용하는 역할.

삼신존은 일천무극지체의 기운과 불사천심기둥을 이용해 또 다른 무림 창세를 계획한 것이다.

무인은 크게 분노했다.

본래 일천무극지체의 일부였던 그는 삼신존의 계획이 한낱 공염불에 불과하다는 걸 누구보다 깊이 있게 꿰뚫어 보고 있었다. 무림 창세는 고사하고 자칫 불사천심기둥을 이용해 일천무극지체가 '인간 먹이'를 양산할 우려도 있었다.

아니, 그는 틀림없이 그렇게 되리라 확신했다.

영맥이 닫혔다고 해도 기의 연공 자체가 완전히 불가능한 건 아니니까.

자연을 유지하기 위한 영맥의 지류는 여전히 세상에 산재했고 마치 눈밭을 구르는 눈덩이가 커지듯이 어느 수준 이상의 기를 보유할 수 있다면 사람은 자력으로 이 기를 불리는 게 가능했다.

단지 이런 식의 연공은 오로지 사람만이 가능했다. 영적 생명체의 경우 고래가 한 바가지의 물만 갖고는 생존할 수 없는 것과 같은 이치였다.

일천무극지체 또한 이와 같았다. 살아 있는 육체를 갖고 있기에 당장 어떻게 되는 건 아니었지만 힘을 쓰면 쓸수록 소모된 힘을 채우지 못한 채 자멸의 길을 걸을 터였다.

하지만 불사천심기둥의 영향으로 종자 내공을 갖게 된 무인들이 많아질수록 일천무극지체는 이 무인들의 증폭시킨 내공을 흡수하여 소모된 기운을 보충할 수 있었다.

이즈음 강서린은 인상을 쓰며 하나의 의문을 표했었다.

[앞뒤가 맞지 않군. 넌 애당초 삼신존인지 뭔지가 일을

벌이기 전에 나서지 않았나? 자멸하리라 믿었다면 왜 나서려고 했던 거지?]

[일전에도 말했던 절대 마성 때문이야. 영맥이 닫혀 있는 시간이 길어질수록 절대 마성의 탄생도 가까워져. 나는 그걸 원치 않았어.]

즉, 일천무극지체를 없애는 것 자체가 목적이 아니라 닫힌 영맥을 여는 게 진정한 목적이었고 이를 위해서는 그 원흉이 된 일천무극지체부터 제거해야 한다는 의미였다.

강서린은 바로 이 '절대 마성'을 운운하는 대목에서 미약하지만 확실한 감정의 표출을 읽었다.

두려움, 그리고 분노가 뒤섞인 복잡한 감정.

그는 수호자가 자신의 기억 너머에 뭔가 숨기고 있음을 직감했으나 굳이 캐묻지는 않았다. 사람이라면 힘으로 찍어 눌러서라도 모든 비밀을 토설하게 만들겠지만 상대는 사람이 아니었다. 게다가 기억을 직접 투영하는 와중에도 숨기려는 비밀이라면 어차피 물어보나 마나였다.

[후우, 여기부터는 내가 육체를 잃어버린 이유가 나와.]

수호자가 길게 한숨을 쉬며 잠시 멈춰 있던 기억을 다시 투영하기 시작했다.

무인들의 피가 강처럼 흐르는 거대한 지하 공동.

무림 최후의 전력은 강대했으나 결국 일천무극지체를 없

애는 데는 실패하고야 말았다.

실상 당연한 결과였다.

섭리마저 세상을 지키기 위해 영맥을 닫게 만든 괴물이 바로 일천무극지체였다.

이미 인력으로 어찌할 게재가 아닌 것이다.

그렇다면 일천무극지체를 탄생시킨 존재이자 이 일을 획책한 삼신존이 이런 당연한 결과를 예측하지 못했을까?

그랬다.

무인들의 몰살 자체가 삼신존이 획책한 계획의 일부인 셈이었다.

일천의 무인이 산화하며 천불총 내부의 기운이 크게 상승했고 일천무극지체는 소모된 힘을 보충하기 위해 이 기운을 흡수하려 하였다.

단 한 호흡 정도의 짧은 순간.

삼신존은 이 결정적인 때를 놓치지 않았다.

잠들어 있던 천불천탑의 진세를 일깨운 것이다.

불상과 불탑을 스며있던 무수한 인간세의 사념들이 일천 무극지체의 정신에 파고들었고 일천무극지체는 이 사념의 바다로부터 스스로를 지키기 위해 깊은 잠에 빠져들었다.

크게 기뻐한 삼신존은 여기서 만족하지 않고 최후의 계획을 실행에 옮겼다. 바로 일천무극지체의 육체를 천불총의 지하에 숨겨둔 불사천심기둥의 모태에 봉인하는 일이었다.

수많은 불사천심기둥이 무림의 명문대파나 세가 등의 터에 숨겨져 있었다.

불사천심기둥은 땅 속에 틀어박힌 한낱 돌기둥에 불과했지만, 그 모태가 되는 기둥이 제 역할을 한다면 한정된 반경까지 '천심기'를 뿜어낼 수 있었다.

[그러니까 이 천심기의 정체는 결국 일천무극지체가 가진 내공이야. 거의 백 년에 가까운 세월 동안 여기 중원의 무인들은 일천무극지체의 내공 덕에 연공이 가능했던 거지. 이해가 돼?]

수호자가 기막히지 않느냐는 듯 직접적인 의사로 물었다.

그런 수호자에게 강서린은 전혀 놀랍지 않다는 얼굴로 간단히 대꾸했다.

[그 정도는 되니까 너 같은 녀석도 나타났겠지. 그래도 무한하지는 않을 텐데?]

[하여튼 너란 인간은 전혀 놀라지를 않네. 에휴, 말을 말자.]

수호자는 다시 말보다 기억으로 자신이 지목하는 바를 가리켰다.

무인은 천불총으로 난입했다.

하지만 상황은 이미 끝나가고 있었다.

결국 그는 자신의 육체를 이용해 삼신존을 가두는 정도로 만족해야 했다.

삼신존이 건재하다면 불사천심기등을 이용해 무슨 짓을 할지 몰랐고 이들에게 자극 받은 일천무극지체의 정신이 스스로 깨어날 수도 있기 때문이다.

무인은 비록 육체를 잃었지만 그 정신과 기억만큼은 온전히 유지했다.

가까스로 사문의 절지인 백두산으로 날아간 그는 태허마령지심진을 이용해 스스로를 가뒀다.

천리인 자신이 소멸하면 이 또한 절대 마성의 강림 조건에 부합하기 때문이었다.

마지막 남은 사문의 후손은 그가 천마라고 알고 있었고 또 지금까지도 그렇게 믿었다.

무인, 수호자는 굳이 부정하지 않았다. 외부 세계로부터 태허마령지심진의 존재를 숨기려면 강력한 감시자가 필요했으니까.

그는 그 후로 백 년의 세월 동안 전륜의 검이 나타날 때를 기다렸다.

또 천불총의 이상 징후를 항상 감시했다. 일천무극지체

는 영원히 잠든 게 아니었다. 언젠가 깨어날 것이다.

[흥! 삼신존 이 바보 같은 존재들은 무주공산이 된 인간 세상에서 신으로 군림하려 하겠지.]

수호자는 콧방귀를 끼며 삼신존을 욕했다.

[그 뒤는 말 안 해도 알지? 절대 마성의 강림으로 인해 지옥이 펼쳐졌을 거야. 그리고 인간 세상은 종말을 맞이했겠지. 난 지금도 그걸 막으려는 거고.]

여기까지였다. 강서린은 자신이 어제 내뱉었던 욕설을 끝으로 기억의 복기를 끝냈다.

그 다음은 대화라기보다 정신적인 감응에 가까워서 굳이 기억을 떠올릴 필요도 없었다. 마치 자신이 경험한 것처럼 생생했으니까.

CHAPTER **04**
움직이는 검

'뭔가 찜찜하군.'

이 수호자란 자가 자신이 했던 말처럼 거짓말을 못 하는 존재라면 오늘 상대할지도 모를 적은 일전에 들었던 '절대마성'이란 존재보다 더욱 까다로울 수가 있었다.

'사람인지 아닌지는 그렇다 쳐도 재수 없으면 헛물만 켤 수도 있겠어.'

귀계와 음모에 능한 부류는 항상 그래왔다. 빠져나갈 구멍을 만들어 둔다. 그렇다면 역시 그물을 칠 필요가 있었다.

그가 이런 결론에 치달을 즈음 문이 열리며 손지연과 박건욱이 들어왔다.

두 사람 모두 썩 편한 기색이 아니었다.

특히 박건욱은 밤새 잠을 못 잤는지 두 눈에 핏기마저 어려 있었다.

"도련님, 편히 주무셨습니까?"

"그럭저럭. 알아보란 건?"

돌아서는 강서린이 그다운 무심함을 담으며 되물었다.

"줄리아라는 분과 직접 연락이 닿지는 못했습니다. 대신 본사 부장이라고 자신을 소개한 사람이 아직 조사 중에 있다는 말을 남겼습니다."

강서린의 이맛살이 슬쩍 좁아졌다.

본사의 부장? 치글러의 딸이 미치지 않은 이상에야 자신을 상대로 저토록 무성의한 대응을 할 리가 없었다.

치글러의 딸은 상당히 약삭빠른 여자였다. 나이에 비해서도 결코 애송이가 아닌 것이다. 게다가 어느 모로 보나 수준급의 인력인 집사라는 자까지 옆에 있었다.

강서린은 묘한 위화감을 느꼈다.

단순히 줄리아 측에 문제가 생겨서가 아니었다. 자신이 한국을 떠나자마자 마치 기다렸다는 것처럼 문제가 발생했다.

무슬림 카림.

수호자란 존재.

천불총과 마인.

모호한 면이 많았지만 확실한 한 가지 사실이 그의 뇌리를 스치고 지나갔다.

'우연이 아닐지도 모르겠어.'

검치나 백아영이 얽힌 건 우연일 수 있었다.

그러나 두 사람의 일을 별개로 치부해도 치우회는 아니었다. 두 사람으로 인해 순서가 바뀌긴 했지만 치우회 역시 오련맹처럼 움직일 심산이었으니까.

그렇다면 필연적으로 만나게 되어 있었다. 수호자의 말까지 종합해 본다면 피차 같은 말을 들었을 확률이 다분하고.

여기까지 생각이 미친 강서린은 입매를 뒤틀며 조소를 머금었다.

'공영 대장로, 나를 물로 봤군.'

박건욱은 달라지는 그의 기세에 흠칫 어깨를 떨었다. 그는 강서린이 없는 동안 크게 놀란 나머지 한숨도 재대로 자지 못했었다. 너무도 엄청난 말을 들은 탓이었다.

'도련님의 반응으로 보건대 손 비서님이 말한 내용도 사실이구나. 이건 정말 보통 일이 아니다. 도대체 누가 이토록 엄청난 만행을 저질렀단 말인가?

박건욱은 무서운 상상이 들었다.

핏줄이라는 건 누구에게나 민감하게 마련이었다. 하물며 돌아가신 어머니의 유해를 도난당했다. 양처럼 순한 사람도 미쳐 날뛸 마당에⋯ 그 당사자가 세계를 상대로도 거침없는 무적자라니!

그의 목구멍에 굵은 침이 고이던 찰나, 멈춰 있던 강서린의 눈빛이 다시금 위로 올라왔다.

"다른 게 남았나?"

"으음, 밖에 손님이⋯⋯."

"북궁가의 대장로와 도련님의 친우분인 철우 씨께서 기다리고 계세요."

손지연이 긴장한 듯 느려지던 박건욱의 말을 자르며 끼어들었다. 그녀의 말에 강서린의 눈빛 사이로 설핏한 이채가 올라왔다.

"철우가? 왜?"

"용건은 도련님을 직접 뵙고 밝힌다고 합니다."

"알았다. 나가지."

손지연은 고개를 끄덕이며 돌아섰다.

그녀가 아는 도련님은 상황이 급박하거나 뜻밖의 일이 터졌다고 해서 사태를 장황하게 상대할 사람이 아니었다.

도련님은 그런 사람이었다.

차분하게 하나씩, 그리고 빠르게.

가장 먼저 객실을 나선 그녀는 미리 대기해 둔 엘리베이터의 문을 열었고 강서린과 함께 올라탔다.

"저는 차를 준비시켜두고 있겠습니다."

닫히는 엘리베이터 문 사이로 들려온 박건욱의 말이었다.

하강이 시작되자 손지연의 입술 사이로 정확하지만 빠른 어조가 흘러나오기 시작했다.

"아직 드리지 못한 보고가 있습니다. 치우회의 회주와 그 측근 몇 명이 삼 일 전 은밀히 입국한 사실이 확인됐습니다."

강서린의 눈가에 재미있다는 웃음기가 서렸다.

"그래서?"

손지연의 안색이 조금 굳어졌다.

"목적은… 그들의 목적은 도련님의 암살이었습니다. 편의를 제공한 쪽은 북궁가입니다."

막후 세계에서 요인 암살이나 첩보 활동이 매우 큰 비중을 차지하는 점을 감안할 때 일국 대통령의 아들이란 신분을 포함하더라도 결코 있을 수 없는 일이 아니었다.

때문에 손지연은 강서린이 왜? 라는 의문을 갖지 않을 거란 사실을 잘 알고 있었다. 이보다 더한 상황을 숯하게 겪어왔으니까.

자국의 막후 집단이 자국 요인을 암살하려는 경우가 많은 건 아니지만 강서린은 이유를 묻고 움직이는 사람이 아니었다.

이해득실에 따라 철저하게 비정해지는 세계.

사회의 이면에서 벌어지는 막후 세계의 암투는 일반인의 상상을 초월하는 경우가 빈번했다.

보통은 여기서 보고를 멈추고 강서린의 지시를 기다릴 그녀.

'출국 전에 가셨던 치우회의 모처에서 무슨 일이 있으셨던 걸까?'

이런 의문과 함께 손지연은 스스로도 이례적이라는 생각이 들 만큼 다른 부언을 덧붙였다.

"하지만 도련님을 노린 치우회의 회주는 현재 격리 상태입니다. 그리고 일을 그렇게 만든 당사자가 회주의 제자라고 합니다. 이름은 이산악. 실장님께서 어젯밤 직접 대면하고 확인한 신분입니다. 현재 치우회에서 보낸 지원 세력과 모처에서 대기하고 있습니다."

─지하2층입니다.

때 맞춰 엘리베이터가 멈춰 섰다. 문이 열리자 분수대를 중심으로 꽤 커다란 규모의 인공 화원이 펼쳐져 있었다.

"일반인의 출입을 봉쇄했습니다. 편하게 움직이셔도 됩니다."

손지연은 이 말을 끝으로 차분히 한 걸음 물러섰다. 강서린이 화원에 발을 내딛자 멀리서 빠르게 달려오는 신형이 있었다. 북궁세가의 대장로인 북궁대로였다. 서기도 전에 포권부터 취한 그의 모습에는 당혹감이 꽃처럼 만개해 있었다.

"다시 뵙습니다, 검존."

"할 말이 있나?"

북궁대로는 귓전에 닿는 무심한 어조에 서둘러 입을 열었다.

"들으셨는지 모르지만 치우회가 꾸민 일에 저희 세가가 관련됐습니다. 하나 맹세코 세가 전체의 뜻이 아닙니다. 지금은 축출된 북궁천위 가주의 측근인 사마 군사가 맡고 있던 일이었습니다. 워낙 비밀리에 진행한 일이라 안가에서 일이 터지기 전까지 현재 남은 세가의 간부 중 누구도 모르고 있던 사항입니다."

"납치 사건으로 정신이 없을 텐데 별 걱정을 다 하고 있군."

강서린은 피식 웃으며 그대로 그를 지나쳤다.

누가 본다면 귀밑머리가 허옇게 센 노인을 상대로 심하게 버릇없어 보이는 모양새였지만 오히려 그 노인은 다음 행동으로 가슴까지 쓸어내리는 중이었다.

'휴우, 이 사마 군사 이 미친 자식. 하마터면 큰일 날 뻔했구나.'

들리는 풍문이 아니라고 해도 검존 강서린이 얼마나 무서운 존재인지는 며칠 전 사단을 통해 간접적이나마 체험한 적이 있던 그였다. 실상 그 자리에 있던 장로나 가주들 모두가 마찬가지였다.

일인무적군단의 신위.

설령 십대 초인 모두가 연수하더라도 절대로 이길 수 없다고 공인된 불가해한 강자.

납치된 가주들이 팔이 잘리는 협박을 받았지만 누구 한 사람 '검존'의 정체를 밝히지 않는 것과 같은 이유였다.

현재 장로급 수뇌부를 제외한 세가의 요인들에게는 이 협박이 검치 남궁관악에게 향한 것이라고 알려져 있었다.

그리고 기꺼이 남궁관악도 이런 시선을 받아들였다. 만에 하나 누군가 나서서 세가주들을 구한답시고 진짜 검존의 심기를 상하게 했다가는 어떤 재앙이 닥칠지 모르는 탓이었다.

어쨌든 가주들의 납치로 인해 세가 연합의 수뇌부는 전

전긍긍하고 있었다.

그나마 천만다행으로 검존이 직접 나선다는 연락이 그의 비서를 통해 전해졌고 여기에 다들 희망을 걸고 있었다.

맹주 잔당의 협박대로 진짜 검존이 북천루에 들어간다면 당장 세가주들이 변을 당하지는 않을 것이다. 그 틈에 세가 연합의 초인인 검치 남궁관악이 잠입해 가주들을 구한다는 계획.

그런데 돌연 북궁가의 안가에서 검존과 관련된 일이 터졌고 이 때문에 검존의 심기가 상할지도 모른다는 어처구니없는 상황이 벌어진 것이다.

'정말이지 다행이다. 검존의 태도를 봐서는 생각을 바꾸지는 않겠구나.'

북궁대로는 멀어지는 강서린의 등을 보며 다시 한 번 가슴을 쓸어 내렸다. 그러나 이내 그의 안색은 핏기가 사라질 정도로 어둡게 변해갔다. 한시름 돌리긴 했지만 아직 끝난 게 아니었다.

'만에 하나 잘못되면 세가 연합에서 축출되는 정도로 끝나지 않을 테지. 그러니 최강자여! 제발 가주들을 구해주시오!'

그는 그 자리에 주저앉아 평생 해보지 않은 기도라도 하고 싶은 심정이었다.

　　　　　*　　　*　　　*

　가주들이 납치된 오련맹은 공황상태나 다름이 없었고 구
정회 또한 각 파 장로급 사절의 몰살과 회주인 백무상의 중
태로 커다란 혼란에 빠져 있었다.

　반면에 원흉인 북궁천위는 오련맹의 맹주였던 인물로 이
쪽 사정을 훤히 꿰고 있는 데다가 숨겨뒀던 무력도 엄청났
다.

　설혹 양대 조직이 빠르게 내부의 혼란을 수습하고 총력
을 기울인다고 해도 온전히 납치된 가주들을 구할 수 있으
리라 장담하기 어려운 상황인 것이다.

　남궁관악은 불과 하루 사이에 십 년 치 심력을 전부 소모
한 심정이었다. 다행히 자신이 나서서 오련맹의 동요를 강
제로 억누르고 있지만, 현 상황은 초인의 이름으로도 어찌
할 수 없을 만큼 다급하고 절박했다.

　"구정회는 성승 그 어른께서 나서셨고 장문인들이 직접
당한 게 아니니 사태를 지켜볼 만하네. 하나 우리는 다르지
않나? 자그마치 각 가문의 영도자일세. 게다가 우리는 핏줄
로 섞인 관계야. 자네를 못 믿는 건 결코 아니네만, 이번만
큼은 심혈을 다해 움직여주게. 필요하면 나는 물론이고 세

가들의 모든 역량이 집중될 걸세."

소드 마스터가 움직인다. 그 자체만으로도 오련맹의 입장에서는 천군만마나 다름없었다.

문제는 인질이었다.

소드 마스터 개인이 아무리 강하다고 해도 다섯이나 되는 인질을 구출하는 데는 무리가 따를 수 있었다. 십에 일할의 확률이라도 세가들 입장에서는 절대로 있어선 안 되는 확률인 것이다.

남궁관악이 화급히 강서린을 찾은 연유도 그런 까닭이었다. 밤사이 손지연을 통해 강서린이 나선다는 전갈을 받았지만 이번 사건은 전쟁이나 전투가 아닌, 구출에 최우선을 둬야 하기에 지금 이처럼 호소에 가까운 설득을 하는 것이다.

'마음대로 하라고 할까?'

강서린은 이런 자신의 의중을 막 입 밖으로 내보내려다가 다시 삼켰다.

떼로 몰려가는 게 구미에 안 맞는 것도 있었지만, 어제본 게 틀림이 없다면 남궁관악 정도의 강자라고 해도 별다른 도움이 안 될 게 자명했다.

잠시 고민하던 그는 약간의 인상을 쓰며 던지듯이 말했다.

"다른 자들은 방해만 된다. 그래도 당신 정도면 없는 것
보다 낫겠지. 그들도 그럴 테고."

"그게 무슨 말인가?"

"미리 가서 기다려라. 지원 세력을 데리고 가겠다."

강서린은 이해하기 힘들다는 얼굴의 남궁관악을 뒤로한
채 호텔 앞에 대기하던 차 안으로 순식간에 사라졌다.

잠시 멀뚱한 눈으로 이를 보던 남궁관악은 머리를 흔들
며 무릎에 힘을 줬다.

'저 치가 하는 말이니 뭔가 있는 건 확실할진대······.'

이 중국 땅에서 오련맹과 구정회를 제외한 지원세력이
어디 있다는 건지 도무지 이해가 되지 않는 남궁관악이었
다.


*      *      *


치우회는 막후 세계에서 인정받는 황금 계열 조직 중에
서도 매우 이례적인 특성을 띤 집단이었다.

한국이 세계에서도 열 손가락 안에 꼽힐 만큼 선진국의
반열에 올랐지만 기반을 이루는 모국에서 치우회는 경쟁
집단이 전혀 없는 거의 독점적인 영역을 구축하고 있는 것
이다.

이는 남북이 대치중이라는 한반도의 휴전 상황, 비교적 짧은 모국의 근대화 역사, 이로 인한 세계열강들의 침탈 등 여러 요인이 작용한 결과였다.

즉, 핍박받지 않기 위해 결집되어야 했던 민족의 저력. 그리고 그 저력이 빚어낸 민족의 수호자가 바로 치우회라 할 수 있었다.

이산악은 그런 치우회의 미래라 불리는 젊은 천재 무인 답게, 종교나 신 따위를 믿는 데 시간을 할애할 바에야 검을 한 번 더 휘두르는 게 낫다고 믿는 전형적인 무의 신봉자였다.

그렇지만 지금 이 순간만큼은 교회나 절에라도 찾아가 신께 감사 인사라도 하고 싶은 심정이었다.

'으으, 이건 막연히 듣던 것보다 더하잖아? 저 치들 말이 반만 사실이라고 쳐도……. 우리 치우회쯤은 사뿐히 즈려 밟힐 수준이구나.'

꿀꺽!

그는 입안에 고인 침이 커다란 소리를 내며 넘어가는 것도 의식하지 못한 채 자신의 앞에서 떠들고 있는 다섯 명의 남녀만을 의식했다. 기껏해야 갓 스무 살이나 됐음직한 애송이들 앞에서 이렇게 긴장한다는 건 그만큼 지금 들리는 말들이 상상을 초월할 정도인 탓이었다.

"근데 할아버지가 설마 마스터께 진짜 한판 하자고 하시는 건 아니겠지?"

"그건 모르지. 현자께서도 성격이 보통이 아니시잖아."

"호호, 넌 그럼 누구 편들래?"

"으윽! 그냥 안 보고 말거야. 그래도 손자가 돼서 어떻게 할아버지가 당하는 걸 보고만 있어!"

"야야, 혹시 알아? 마스터께서 고전하실지?"

"참나, 지금 농담한 거지?"

"반은 농담이고 반은 진담인데? 너네 할아버지도 마스터만큼이나 유명하신 분이잖아."

"그래도 그건 아니지! 빌더 애들 무너질 때 못 봤어? 우리 할아버지가 아무리 강해도 절대 그렇게는 못 한다고. 핵을 터뜨려도 멀쩡한 분이 마스터인데 할아버지의 썬홀 마법으로 어떻게 이겨?"

얼핏 들으면 친구들 사이에서 흔히 있는 가벼운 대화 소리였다.

하지만 이산악은 결코 허투루 넘겨들을 수가 없었다. 이곳에 도착한 뒤 들었던 청년 등의 신분이 워낙 대단했기 때문이다.

그중 가장 압권인 사람이 바로 지금 할아버지를 운운하며 인상 쓰는 모습을 보이는 가장 앳되지만 귀족적인 분위기의 청년이었다.

반세기가 넘도록 서양계 최강의 초인으로 공인 받은 인물의 직계 손자. 게다가 그 배경 또한 아메리카 대륙을 막후에서 지배한다고 알려진 이스트 인 웨스트의 총수 일가였다.

'이거 환장하겠네. 사내대장부의 기개고 자시고 함부로 개겼다가 맞아 죽는 거 아녀?'

이산악으로서는 들으면 들을수록 입술이 말라붙고 심장이 벌렁거릴 지경이었다.

매사에 지나칠 만큼 자신감이 넘쳤던 그로서도 지금만큼은 긴장하다 못해 등 뒤가 후줄근하게 젖어들 지경이었다.

이산악은 흔들리는 마음을 다잡았다. 서서히 최강이란 수식어에 붙은 무게가 실감이 되는 것이다. 지거나 죽는 건 두렵지 않았다.

'아비의 복수를 위해 주먹 한번 휘두르지 못하고 포기하는 건 정말이지 나답지 않다.'

그로서도 강서린에게 도전을 해야만 하는 나름의 이유가 있었다.

당초 그의 스승이자 치우회의 회주인 이중휘는 태백원과 대통령 아들을 향해 무력적인 수단마저 동원하려 했었다.

하늘에서 뚝 떨어진 것처럼 등장한 대통령의 아들. 코어의 소유자라 해도 그 나이에는 절대 어울리지 않는 놀라운 무위……. 이런 점들만 미루어 보아 태백원의 농간이라 판단 내린 것이다.

하지만 후계자이자 숨은 핏줄인 이산악이 누군가에게 당했다는 급보를 받고 황급히 자리를 뜰 수밖에 없었다.

이후 이중휘는 치를 떨 만큼 분노하다 못해 이성을 잃어 버릴 정도까지 치달았다.

보란 듯이 이산악을 쓰러뜨린 상대가 다름 아닌 대통령 아들이었으니까. 그에게는 대통령 아들의 행선지 정도야 언제든 파악할 수 있는 권력이 있었다.

게다가 때맞춰 대통령 아들이 한국을 떠나 중국행 비행기에 올랐다.

이중휘는 중국에서 독보적인 세를 떨치는 북궁세가와 모종의 밀월 관계를 맺고 있었다. 백석 그룹이 북궁세가의 무력 침범에 위기에 처할 때도 바로 이런 뒷거래가 있기에 방관만 했던 셈이다.

어쨌든 그는 북궁세가의 힘마저 빌린 암살 계획을 수립했고 이도 모자라 자신이 직접 칼을 들고 중국 땅을 밟기에 이르렀다. 화근의 싹을 반드시 잘라버리려는 속셈이었다.

하지만 누구도 막지 못할 것 같던 이 암살 계획이 틀어진 건 황당하게도 이 암살 계획의 원인이 된 이산악의 반발이었다.

그가 스승인 이중휘의 암살 계획을 선릉원에 직접 고발했고 이에 선릉원에 있던 네 명의 장로가 직접 나서면서 대통령 아들의 암살 계획은 무위로 돌아갔다.

사실 이산악은 자신을 향한 이중휘의 극진함이 어디에서 비롯됐는지 알고 있었다. 이중휘가 첫눈에 그를 알아본 것처럼 이산악 역시 그가 자신의 아비임을 본능적으로 알아본 것이다.

다만 뒤늦게 나타난 아비에 대한 반발심, 혹은 죽은 어머니에 대한 도리가 아니라는 생각에 모른 척으로 일관해왔다.

그러다가 자신을 향한 이중휘의 애정이 비틀린 집념으로 변질되자 도저히 보고만 있을 수 없던 것이다.

하지만 아무리 불의한 일을 하려 했다 해도 그에게 있어 이중휘는 하나밖에 없는 혈육이자 스승이었다.

제자의 도리.

혈육의 도리.

이산악은 이 두 가지 도리를 다하기 위해 스승이 하려 했던 일을 대신하고자 마음먹었다.

대신 자신의 방식대로 정정당당하게.

물론 쪽도 못 쓰고 깨진 게 얼마 전이라 승패에 대한 염

두 따위는 전혀 굴리지 않았던 그였다. 그런데 오늘 이곳에서 G5라고 소개한 서양인 청년들을 통해 연속으로 믿기 힘든 이야기(?)가 들려오자 도저히 이전과 같은 마음 상태를 유지할 수가 없었다.

'가만! 저 말이 반만 사실이라도 내가 스승님을 배신한 게 아니잖아!'

이산악은 번뜩 머릿속이 맑아지는 기분이었다. 따지고 보면 자신은 스승님을 배신한 게 아니라 구해준 꼴이 아닌가?

지금 들은 말 중 반에 반만 사실이라도 암살은커녕, 스승님은 자신이 멋도 모르고 묏자리에 몸을 들이미는 꼴이었다.

게다가 자칫 잘못했으면 치우회까지 그 화가 미쳤을지도 몰랐다.

"으ㅎㅎㅎ!"

이산악은 터져 오르는 웃음을 참지 못했다. 잘하면 평생 짊어지고 갈지도 모를 배신의 멍에를 지울 수 있게 된 것이다.

게다가 계란으로 바위치기라는 무모한 짓거리도 할 필요가 없어졌다.

만약 이곳에 아무도 없었다면 제자리에서 펄쩍 뛸 만큼

기분이 뒤바뀐 그였다.

한편, 이산악이 치우회 후계자라는 걸 이미 알고 있던 그들로서는 '우리의 우상이 이런 분이니 알아서 기어라!' 라고 일부로 큰 소리로 떠들었는데, 돌연 그 당사자가 실성한 사람처럼 소리 내어 웃자 한가득 인상을 쓰며 서로를 돌아봤다.

우리가 너무 심했나?

이런 눈빛들이 오갔지만 어느 한 사람 명쾌한 해답을 내놓지 못했다. 사실 누가 상상이나 하겠는가?

일개 조직의 후계자가 이미 소드 마스터에게 도전한 적이 있다는 사실을.

아마 알았다면 이산악을 향한 이들의 대우는 지금과 천차만별로 달라졌을 것이다.

그런 존재였다.

현재의 소드 마스터란.

단지 도전했다는 사실만으로도 모두가 우러러볼 만큼…….

CHAPTER **05**
서양의 초인들

중국 명나라 시대에 만들어진 고풍스런 석조 다리 위로 귀족적인 분위기를 자랑하는 은발의 노신사가 걷고 있었다.

노신사의 빛바랜 은발은 아침 바람을 맞아 사자의 갈기처럼 휘날렸고 깊게 주름진 이마 아래에는 짙은 푸른빛의 벽안(碧眼)이 번뜩였다. 그리고 어두운 금색으로 통일된 노신사의 골덴 정장은 같은 스타일의 구두와 함께 대단히 고급스러운 분위기를 풍겼다.

노신사는 조금 전, 이 다리에 오르기 전까지만 해도 충분

한 심적 여유를 갖고 있었다. 나이에서 오는 연륜 때문이기
도 했지만 세상의 무엇도 두려울 게 없다는 자부심의 발로
였다.

노신사의 이름은 딘 로스차일드.

20세기 최강의 그레이트 매지션(great magician)······.

최연소 에이션트급 마도사.

그리고 위대한 가문의 지배자, 혹은 아메리카를 지배하
는 골든 클래스인 이스트 인 웨스트의 집정관.

그러나 이런 수식이나 신분만으로는 노신사를 정의할 수
없었다.

약 사십 년 전, 유대계 명가인 로스차일드 가문의 신임
가주로 등장한 이 이름은 당시만 해도 침몰하는 배의 조타
를 쥔 버려진 희생양이란 평가를 받았었다.

하지만 이런 평가가 뒤바뀌는 데는 오랜 세월이 걸리지
않았다.

그는 자신의 가문에 적대적이던 세력들을 상대로 실로
무시무시한 힘을 드러냄으로써 굴복을 받아냈으니, 개인이
이룩한 역사라고 하기에는 전무후무한 업적이 아닐 수 없
었다.

또한 그를 평가할 때 반드시 빼놓을 수 없는 게 하나 있
으니, 바로 역사상 최강의 광역 마법이라 칭송받는 썬홀 마

법이었다.

그는 대단위 광역마법인 썬홀 마법을 통해 근대화의 역사에서 개인의 힘이 거대 다수의 힘을 상대해서 이길 수 있다는 최초의 사례를 보여준 초강자였다.

혹자는 이 시대의 무적자라는 소드 마스터 강서린이 3년이라는 길지 않은 시간 동안에 '무적'이라는 타이틀을 거머쥔 데에는 앞서 태양의 현자라는 존재가 있었기에 가능하다고 평가할 정도였다.

독보적인 강자의 등장을 이미 한번 경험했기에 인정도 빨랐다고 해야 할까?

때문에 소드 마스터란 칭호가 막 대두될 무렵만 해도 이 두 사람의 강함을 비교 재단하는 경우도 적잖았다.

물론 태양의 현자가 반세기가 넘도록 최강의 초인으로 손꼽히는 강자라고는 하나, 현시점의 소드 마스터 강서린은 이미 서열이란 개념 자체를 초월한 존재였다.

세계 최강을 자랑하는 막후 조직들도 백기를 든 판국에 개인이 범접할 레벨이 아닌 것이다.

게다가 태양의 현자는 나이 육십을 기점으로 현역에서 은퇴하여 벌써 십여 년 가까이 은둔 생활을 하고 있었다.

지금 딘 로스차일드는 자신의 평생을 통틀어 이토록 의문스러운 적이 또 언제 있었는지 기억조차 나지 않을 정도였다.

인간의 사회에서 힘을 모은다는 게 어떤 의미인가?

작게는 동네 아이들의 대장 놀이부터 시작해서 크게는 강대국 간의 전쟁에 이르기까지…….

수십 억 인구가 만들어가는 문화, 사회, 협동, 반목 등 무수한 개념 속에서 그 예를 들기란 가당치 않을 만큼 천문학적인 경우의 수가 존재할 것이다.

하지만 이건 지나치지 않은가?

'이곳에 온다는 그자까지 치면 인류 최강의 파티가 만들어지는 셈이로군. 허허, 참으로 과하구나.'

딘 로스차일드는 의퇴의 맹세까지 깨고 먼 타국까지 날아온 자신에게 일말의 답답한 감정이 들었다.

그때였다. 불현듯 웅장하게 느껴지는 음성이 그의 머릿속을 메우며 울려 퍼졌다.

[의심하지 마라. 적은 지상의 종말을 가져올 천년 악마로다]

헛웃음으로 올라갔던 딘 로스차일드의 콧수염이 가늘게 떨리며 내려갔다.

"당신이 이리도 말이 많은 존재였습니까?"

[나 태양신 라가 그대를 택함에 오늘이 있음을 명심하라.]

"으음!"

딘 로스차일드는 끓어 오르는 거북함에 미간을 강하게 찌푸렸다.

과거에는 이렇지 않았었다.

이 태양신이란 존재는 그 자신이 가장 힘들던 시기에 나타나 빛을 다루는 원리와 마법의 깨달음을 선사한 존재였다.

때문에 진짜 신이라 신봉한 세월도 적잖았다.

하지만 나이가 들고 세상을 보는 눈이 달라지자 이러한 생각의 관점도 달라졌다.

존재하는 모든 것의 관계.

대가와 대가로 엮인 인과율.

한 점 바람과 한 줌의 모래알도 자유로울 수 없는 우주의 절대 법칙.

진정 신이라면 몰라도 이 태양신이라 자처하는 존재는 결코 진정한 의미에서의 신이 아니었다. 다만 마도의 관점으로 푼다면 이른바 '고위 영격체'라 할 수 있었다.

문득 깊게 감겨진 그의 동공 안쪽으로부터 과거의 어느 장면들이 순간처럼 스쳐지나갔다.

'나는 지난 십 년 동안 독립된 나만의 탑을 쌓았다. 그러나 여전히 불안하구나.'

과거 의문이 의심이 되기 전에 물었다.

태양신은 답하지 않았다.

의심이 거부감이 되기 전에 물었다.

태양신은 답하지 않았다.

거부감이 극에 달할 무렵.

태양신은 영원히 사라진 것처럼 침묵했다.

그럼에도 마음을 놓을 수가 없었다. 고위 영격체의 '기생'이란 그리 간단히 해결될 문제가 아님을 인지했기 때문이다.

악마와의 계약.

마왕의 강림.

천사의 전언.

종교의 신탁.

모두 고위 영격체와 관련된 인간 세상의 관념들이다. 이 중 가장 급이 낮은 신탁만 해도 신탁 받은 자가 미치거나 폐인까지 가는 경우가 다반사였다.

굳이 고위 영격체가 대가를 요구하지 않아도 인간 스스로 버티지 못하는 그 자체가 인과율이 요구하는 대가인 셈이다.

하물며 그 자신은 어떤가?

신이라 자처할 만큼 강대한 고위 영격체가 육체, 나아가 혼에 들러붙어 있었다. 마치 때를 기다리는 기생충처럼 말

이다. 얼마만큼의 대가가 기다릴지는 재단조차 되지 않는
것이다.

그래서 탑을 쌓았다.

과거 태양신이라 자처하는 존재의 선지식과 깨우침이 마
도(魔道)의 근간이 되었다면 현재 자신을 구성하는 마도란
독립된 하나의 탑이라고 해도 틀리지 않았다.

하지만 이런 노력에도 불구하고 결국은 여기까지 왔다.
태양신의 요구를 거부하지 못한 것이다.

뿐만 아니라 은퇴 후의 십 년 노력이 무색할 만큼 쉽사리
마음이 읽혔다.

딘 로스차일드는 입안이 써지는 기분을 느끼며 천천히
눈을 떴다.

'시간이 많지 않구나. 적은 확률이라도 소드 마스터란 자
에게 기대를 해봐야겠지. 듣던 대로라면 종교를 맹신하는
자가 아닐 테니.'

그가 이런 생각으로 머릿속을 정리할 무렵, 떠오르는 아
침 햇살 사이로 또 다른 누군가의 그림자가 올라왔다.

"딘 님, 방해가 된 건 아닌지 모르겠어요."

아랍 의상인 알바토울라와 검은 천 보세이로 몸과 얼굴
을 가린 한 명의 여인이 다리를 건너고 있었다. 얼굴 대부
분이 가려져 있었지만 청색의 눈동자는 호수처럼 깊어 보

였고 그 눈매는 눈동자만큼이나 아름다운 선을 갖고 있었다.

금세 딘 로스차일드의 앞까지 도달한 여인은 부드러운 눈웃음을 지으며 한 손을 내밀었다. 김이 모락모락 피어나는 찻잔이 그녀의 손에 들려 있었다.

"보이라고 불리는 차예요. 건강에 좋아 중국인들이 즐겨 마시는 음료라고 합니다. 따뜻할 때 드시는 게 좋다고 해서 가져 왔어요."

"허어, 알라의 성녀께서 이 무슨 과한 발길을 하셨소."

"아닙니다. 비록 종교는 다르다고 해도 딘 님은 존경받아 마땅한 거인이세요."

"크흠, 고맙소. 내 잘 마시리다."

딘 로스차일드는 약간의 헛기침과 함께 동양 문화 특유의 고개 인사로 상대를 맞이했다. 어색해지는 그의 표정을 본 아랍 여인의 눈매가 다시금 미소로 올라갔다.

장원 특유의 고풍스런 실외 환경과 전혀 어울리지 않는 두 사람. 그럼에도 기이할 만큼 두 사람의 모습은 주위 환경과 잘 어울리고 있었다.

그렇게 잠시의 시간이 흘렀다.

잔잔한 수면처럼 평화롭던 분위기가 깨진 것은 무거우면서도 절도 있는 인기척이 들리면서부터였다.

목조 다리 위로 마치 헤비급 격투 선수를 연상케 할 만큼 커다란 체격을 가진 백인계 중년 남자가 올라오고 있었다.

남자의 걸음에는 일체의 망설임도 없었다. 막 깊어지기 시작한 주름과 가톨릭 특유의 사제 복장이 아니었다면 누구라도 시선을 피할 법한 마초적인 분위기의 백인계 중년 남자.

이를 향한 눈빛 중 여인의 부드럽던 눈빛이 먼저 달라졌다.

"뜻밖이네요. 다른 민족의 문물을 인정하지 않는 사람이 경치 따위나 구경하려고 나온 건 아닐 텐데."

차갑다 못해 한기가 느껴질 정도로 돌변한 여인의 목소리를 들으며 딘 로스차일드는 골치가 지끈거리는 걸 느꼈다.

'답답하구나. 사람을 아우르는 자들이 이리도 답답해서야 원⋯⋯.'

그는 벌써 이십 년이 넘도록 이 두 사람 사이의 완충제 역할을 하고 있었다. 사실 이 두 사람을 처음 만난 당시의 목적은 그게 아니었는데도 말이다. 즉, 상황에 따라 어쩔 수 없이 맡게 된 역할이었다.

세상에 알려진 사실은 아니지만 세계 십대 초인 중에는 매우 특별한 부류가 있었다. 이른바 신격체라 불리는 부류였다. 물론 이는 딘 로스차일드 자신이 붙인 이름이었다.

그는 마도를 향유하는 자로서 자신의 몸에 깃든 태양신라의 존재에 의구심이 들자 신분을 숨긴 채 세상을 떠돌았고 자신과 같은 경우를 찾기 위해 노력했다.

그래서 찾은 사람이 셋.

딘 로스차일드 본인.

바티칸의 존 하우드 워릭.

아랍의 무합 사마르.

결코 많다 할 수 없는 숫자였지만 이 셋 모두 인간을 초월했다는 십대 초인에 속해 있었으니…….

무합 사마르의 경우는 다른 두 사람에 비해 뒤늦게 활동했다는 점과 여성이란 성별로 저평가된 감이 없잖아 있었으나 그럼에도 등장하자마자 십대 초인의 상위에 놓일 만큼 엄청난 능력을 자랑했다.

신이 깃들었다는 건 그런 의미인 것이다.

사람의 지식으로는 상상도 할 수 없는 선지식의 향유. 마음만 먹으면 신화에나 나오는 신의 권능조차 재현 할 수 있는 존재가 바로 신격체였다.

어쨌든 딘 로스차일드는 신격체만의 회동을 주선했고 자리는 성공적으로 만들어졌다. 문제는 이어서 드러난 결과였다.

셋 모두 성향뿐만 아니라 태생적인 입장 차가 너무도 극명한 것이다.

특히 무합 사마르와 존 하우드 워릭은 껄끄러운 관계를 넘어 서로에게 적대적인 모습마저 드러낼 정도였다.

코란의 경전을 수호하는 알라의 사제.

성경을 맹종하는 바티칸 교국의 기사단장.

수십 세기에 거쳐 전쟁을 벌인 이 두 종교의 입장은 현대에도 바뀌지 않았고 교리를 수호한다는 두 사람의 입장 역시 다르지 않은 게 당연했다.

결국 딘 로스차일드 본인은 본래의 목적은 고사하고 막상 만들어진 회동자리에서 양쪽의 중재자 역할을 하는 데 주력할 수밖에 없었으며 그 여파는 아직까지도 지속되고 있었다.

'가장 확실한 건 이 두 녀석을 제거해 버리는 일이지만 그건 아무리 나라도 불가능하지. 십대 초인들 모두가 나서도 안 될 게야.'

신격체가 얼마나 강대한 존재인지 알고 있는 그의 입장에서는 자신이 늙어 죽기 전에 가부간의 결착을 내고 싶었다. 지금이야 자신이 나서서 잘 조율한다고 하지만 최악의 경우 후손들의 세대에는 커다란 재앙이 닥칠 수도 있었다.

신격체 간에 벌이는 종교전쟁이라는.

'신격체가 분명할 테지. 또 손주 녀석의 말이 옳다면 딱히 종교에 빠지거나 편향된 성격을 가진 놈이 아닐 테고.'

그는 한 가닥 희망을 드디어 만나게 될 소드 마스터에게 걸고 있었다. 그에게 자신처럼 모든 사물을 관찰자적인 입장에서 판단하는 마법사의 혜안이 없다고 해도 둘이 재차 셋이 된다면 균형을 이룰 수 있다는 심산이었다.

그런데 작지만 머릿속 한쪽에서 계속 걸리는 의문점이 있었다.

'그나저나 어떤 고위 영격체가 이토록 터무니없는 괴물을 만든 거지?'

굳이 손자의 열화에 찬 설명이 아니더라도 이스트 인 웨스트의 극비 문서를 통해 소드 마스터의 지난 행적을 어느 정도 파악하고 이곳에 온 그였다. 이 문서에는 도저히 믿기 힘든 내용들도 상당수 나열되어 있었다.

'흠! 신격체라면 가능할 테지. 한데 나이가 이해하기 어렵구나. 태생을 숨기거나 바꿨다면 몰라도 그게 아니라면 과해도 너무 과하다. 신이 인간의 몸으로 환생하지 않은 이상에야… 으음?'

그는 자신의 생각을 마저 이어갈 수가 없었다. 서너 발자국 떨어진 곳에 서서 침묵에 동참했던 존 하우드 워릭의 턱이 돌연 강하게 비틀리며 내려간 것이다.

"가식적이로군. 그토록 경멸하던 서양 자본의 덕을 보니 안면부터 바꾼 몰골이란, 크큭!"

웬만한 사람이라면 반박은 꿈도 못 꿀 만큼 광폭한 기세가 다리 한쪽에서부터 뭉클 거리며 퍼져나갔다. 그러나 이 비웃음의 주인이 단죄의 성기사라 불릴 만큼 무게감이 강하다면 비웃음이 닿은 상대 역시 알라의 칼이라 불릴 만큼 매서운 여자였다.

"받은 만큼 돌려주는 게 코란의 경전이죠. 호의는 호의로. 악의는 악의로."

겉보기와 전혀 다른 박력이 무합 사마르의 보셰이 안쪽으로부터 흘러나왔다.

그런데 여기서 끝이 아니었다.

직전의 말을 증명이라도 하듯이 악의에 찬 독설이 날카로운 기세와 함께 흘러나왔다.

"호의에는 자만으로. 믿음에는 억압으로. 자유에는 광신으로 보답하는 쪽이 어디더라? 딘 님은 알고 계시겠죠? 신자의 고혈로 먹고사는 누구와는 다르게 말이에요."

딘 로스차일드의 허연 눈썹이 지렁이처럼 꿈틀거렸다. 두 사람 사이가 좋지는 않아도 최소한의 선이라는 게 있었고 지금까지 이 선은 잘 지켜지고 있었다. 그런데 지금 들린 독설은 이 선을 완전히 무시하고 있었다.

[왜 이러는 거요? 써 워릭의 도발이야 적당히 넘길 줄 알 던 분이 도대체 어찌하려고?]

[호호, 염려치 마세요. 제게 생각이 있어서 오늘은 참지 않았답니다.]

짧지만 선명한 정신의 대화가 두 사람 사이에 오갔다. 무합 사마르의 답변을 들은 딘 로스차일드는 커다란 의구심을 느끼며 뒷짐을 풀었다. 최악의 상황을 대비하기 위함이었다.

'흠! 써 워릭의 분노를 무엇으로 대비할 수 있다는 건가?'

한편, 무합 사마르는 속으로 희심의 미소를 짓고 있었다. 그녀는 한 종교의 수호자란 신분 안쪽에 대단히 합리적이고 냉철한 지성을 품고 있었다.

'그분이 곧 오겠지? 호호, 이참에 호되게 맛을 봐야 남의 종교도 귀한 줄 알지.'

"으득! 감히 이단의 혀로 주의 종을 모욕하는가!"

약 2~3초의 적막이 흘렀지만 기어코 터졌다. 단죄의 성기사라 불리며 최강의 초인으로 손꼽히는 존 하우드 워릭의 분노가 사위에 들끓기 시작했다.

드드득!

목조 다리가 마치 지진을 만난 것처럼 비명을 질렀다. 그러나 이 위험한 기세에도 무합 사마르는 한마디 물러섬이 없었다.

"오호호, 재미있네. 누가 누구를 모욕한 건지 정말 몰라서 그러시나?"

뚝!

사람이라면 급작스런 분노에 잠시 멈칫할 때도 있는 법이다. 지금 갑작스레 기세가 가라앉은 존 하우드 워릭이 그래 보였다.

노회한 마법사인 딘 로스차일드는 이 기회를 놓치지 않았다.

"써 워릭 경, 우리 이스트 인 웨스트는 여전히 바티칸을 지지하고 있소. 다만 인도적 차원에서 중동 지역의 지원을 늘린 것이오. 이는 종교적인 성향이나 개인적인 친분 때문이 아님을 알아주시오."

어찌 들으면 해명에 가까운 소리였지만 그 말을 한 당사자가 태양의 현자쯤 된다면 얘기가 달라진다.

존 하우드 워릭은 이를 부드득 갈며 감정을 억눌렀다. 정말로 그의 심기를 건드린 건 직전 무합 사마르가 내뱉은 독설이었지만 여기서 진짜 싸우자고 나섰다가는 태양의 현자를 무시하는 꼴이 될 수도 있는 탓이었다.

무합 사마르는 절대 참지 못할 것 같던 단죄의 성기사가 말 몇 마디에 화를 삭이자 감탄이 절로 나오는 걸 느꼈다.

'역시 현자라고 불릴 만한 사람이야.'

존 하우드 워릭은 바티칸에서도 가장 광신도적인 집단인 시온 수도회의 기사단장이었다. 패배가 두렵다거나 목숨을 아끼려고 자신의 성질을 참는 사람이 아닌 것이다.

그럼에도 저렇게 참는 건 태양의 현자가 '이스트 인 웨스트'를 운운했기 때문이었다.

서양계 최대 막후 세력인 이스트 인 웨스트를 적대한다는 건 교황이라고 해도 함부로 할 수 있는 행위가 아니었다.

태양의 현자는 그런 이스트 인 웨스트의 실질적 최고 권력자.

이런 입장은 무합 사마르 본인 또한 다르지 않기에 여기서 더 이상의 도발은 삼가야만 했다. 자칫 태양의 현자까지 불쾌하게 만들 수 있었으니까.

그런데도 그녀는 벌어진 입술을 닫지 않았다.

"딘 님, 저 사람이 그런 걸 이해나 할까요? 자신의 종교를 믿지 않으면 그게 누구든 악으로 보는데 말이죠."

내용은 실상 별게 없었다. 하지만 간신히 분노를 삭이고 있는 상대를 앞에 두고 할 말은 아니었다.

기어코 태양의 현자 딘 로스차일드의 미간에 주름이 커

다란 잡혔다.

[알라의 성녀여!]

[저를 믿어주세요. 알라께 맹세하건데 결코 딘 님을 무시하려는 의도가 아닙니다. 지금이 아니면 앞으로 저 광신도의 자만심에 본때를 보여줄 수 있는 기회가 영영 오지 않을지도 몰라요.]

[허어?]

본때를 보여준다니? 어떻게? 이런 의구심이 딘 로스차일드의 마음에 가득했으나 그는 더 이상 정신의 대화를 이어가지 못했다.

막 잠잠해지던 폭풍이 또 다른 폭풍을 만났다. 지금 딘 로스차일드의 동공 속이 그러했다.

지독할 정도로 아집적인 성향과 증폭된 분노가 하나 되어 존 하우드 워릭의 목구멍이 무시무시한 사자의 포효를 내질렀다.

"A CRUCE SALUS!"

무합 사마르의 침착하던 눈빛이 조금씩 흔들렸다. 의미 없는 외침 같았으나 이야말로 바티칸 최강이라는 시온수도회의 개전 구호였다.

[십자가를 통해서만 구원되도다.]

오래전부터 막후 조직이나 세력들 사이에서는 이 라틴어

로 이루어진 개전 구호를 듣는다면 차라리 자살을 택하는 게 나을 거라는 극단적인 소문마저 돌 정도였다.

이제 누가 와도 막을 수 없다. 한번 개전구호를 외친다면 순교를 불사하기로 유명한 집단이 시온 수도회였고 상대는 이 집단의 무력을 상징하는 자였다.

침착하게 상황을 주시하던 딘 로스차일드의 표정도 이제 는 돌처럼 딱딱하게 굳어 있었다.

"어찌 대처할 생각이오?"

"시비를 건다면 받아야지요. 저희 코란의 수호자는 용기 를 가장 큰 덕목으로 여긴 답니다."

차분하게 대답한 무합 사마르는 말을 끝내기 무섭게 춤 을 추는 것처럼 우아한 동작으로 깍지를 꼈다. 그러자 그녀 의 등 뒤로 마치 살아 숨쉬는 것처럼 선명한 표범, 코끼리, 코뿔소, 원숭이, 그리고 사자의 형상이 떠올랐다.

이야말로 코란의 적대자들에게 무자비한 공포를 선사한 무시무시한 강신술!

노여움이 깃들었던 딘 로스차일드의 두 눈도 이때만큼은 상당히 놀랍다는 기색이었다.

'어느 멍청한 놈이 저걸 보고 강신술이란 이름을 붙인 거 지?'

그의 눈에 비춰진 짐승의 형상은 마법사의 관점으로 비

추어 볼 때 일종의 주문이었다.

표범의 형상에는 빠름이, 코뿔소의 형상에는 힘이…….

다시 말해 형상은 매개체에 불과했고 각각의 형상으로 구현된 능력은 그조차도 재단하기 힘들 정도였다.

예기치 않은 중재자 노릇을 하고 있지만 본래 그는 전투 마법사에 어울리는 성정을 갖고 있었다.

막상 두 강자의 기세가 소용돌이치자 말리려는 생각보다는 전투 마법사 특유의 흥미가 동하고 있었다.

'흐음, 신격체라면 저 정도는 당연하겠지. 하나 상대가 너무 나쁘다.'

상대 역시 신격체였고 특히 단죄의 성기사는 상성이 없기로 가장 유명한 인물이었다.

바로 절대 회복이라 칭해지는 사기적인 능력을 소유하고 있는 탓이었다.

물론 목을 자르거나 머리를 터뜨린다면 아메바가 아닌 다음에야 살지 못한다. 그러나 신체 일부나 장기가 망가지는 정도로는 어림도 없었다.

'그저 회복 능력만 대단하면 가능성이 있지. 하나 그렇지 않다는 걸 누구보다 잘 알고 있지 않은가?'

딘 로스차일드는 이런 의아함이 목구멍까지 치솟았지만 이를 풀어줄 유일한 사람은 이미 다리 위에서 사라지고 없었다.

목조 다리 아래로 넓게 펼쳐진 잔디밭.

"이단자의 피로 율법의 지엄함을 알리리라!"

"호호, 누가 지엄함을 알지는 두고 봐야 알겠죠."

지금, 중국의 한 이름 모를 장원에서 금세기 단 한 번도
벌어진 적이 없는 상위 초인들 간의 생사를 건 접전이 벌어
지려 하고 있었다.

CHAPTER **06**
최강의 파티

"내리겠다."

"조용히 들어가실 생각입니까?"

"그래."

"알겠습니다."

직접 차를 운전하던 박건욱은 군말 없이 고개를 끄덕였
다. 목적지가 코앞이었지만, 자신이 모시는 인물은 절대로
말을 번복하는 사람이 아니었다.

그가 몰던 고급 세단은 곧바로 도로변의 한적한 소나무
아래 멈춰 섰다. 동시에 차에서 내린 하나의 그림자가 바람

과 같은 속도로 어딘가를 향해 사라졌다.

자신이 내리는 것보다 빠르게 사라지는 그림자를 보며 박건욱은 작게 한숨을 내쉬었다.

"후우, 부디 별일 없어야 할 텐데."


강서린은 피식 입매를 틀었다.

'그러고 보니 낯익군.'

수십 미터 떨어진 곳에서 강자의 기준을 훌쩍 뛰어넘는 파동이 셋이나 느껴진다. 그중 둘은 일찍이 접한 적이 있던 파동이었다.

'한 명은 그 녀석이고 그 앞은… 그래. 이제 기억이 나는군.'

검을 쥐었던 초창기에 영국 왕실의 부탁을 받고 몇몇 일을 봐주던 중 우연히 만나게 된 아랍 여인.

여인의 무력은 경험하지 않았으나, 본능이 감지한 파동의 깊이는 실로 대단한 수준이었다. 그에게 있어 '깊이'라는 개념은 실제 그 상대가 가진 깨달음의 수준을 대변하고 있었다.

훗날 이 여인 역시 세계 십대 초인 중 한 명이라며 알라의 칼이라 불린다는 걸 알게 됐지만 이런 내용쯤은 기억할 가치도 없다며 흘려 버린 내용이었다.

그의 기준에서 따질 때 이 여인이 탱크라면 자신이 접한 나머지 초인들은 자가용에 불과한 수준이었으니까. 최근을 제외하면 그나마 성승 합비만이 이에 근접한 수준이었다.

이토록 인상적인 기억을 하고 있음에도 앞서 호텔 지하에서 인지하지 못한 건 이처럼 기존의 인식 자체가 알라의 칼과 십대 초인을 별개로 치부하고 있던 탓이 컸다.

'그나저나 힘이 남아도나 보군.'

강서린은 자신이 아는 파동과 지금 막 기억에서 되살아난 파동의 주인이 전투적인 상황에 빠져 있음을 알 수 있었다.

'흠, 꽤나 아쉽게 됐어.'

강서린은 가볍게 입맛을 다셨다. 이 정도 수준의 파동을 가진 강자들의 싸움이라면 지켜볼 맛이 나는 게 당연했다. 그러나 앞서 청와대 공식 일정에 이미 대통령 일가의 만찬 스케줄이 잡혀 있었다. 하나밖에 없는 아들이 가족의 만찬 약속에 빠질 수는 없는 노릇.

'하는 수 없지. 싸움 구경에 시간을 허비하기에는 썩 좋은 상황이 아니니까'

그가 이런 심중을 굳힐 즈음 그의 발은 어느새 커다란 벽돌 담장을 앞에 두고 있었다.

터덕!

그가 땅을 박차며 번개처럼 안쪽으로 진입했다.

공교롭게도 두 초인의 기세가 일촉즉발에 다다른 시점이었다.


*　　*　　*


강서린은 자신에게 닿는 세 사람의 시선을 느꼈다. 먼저 그의 흥미를 잡아 끈 사람은 다리 위에 우두커니 서 있던 노인이었다.

'확실히 피는 못 속이나 보군. 토니와 닮았어.'

G6의 멤버 중에 토니란 녀석이 저 노인처럼 귀족적인 이미지가 강했다.

강서린은 가볍게 목례를 해 보였다. 친분 있는 사람의 웃어른이라서 그답지 않은 예의를 지킨 것이다. 물론 정말이지 잠깐이었다.

다행히 딘 로스차일드는 나이에 비해 시력이 좋았다. 조금 전 그는 난데없는 인기척에 한번 놀랐고 갑자기 등장한 사람의 형상에 두 번 놀랐다. 그리고 자신을 향한 약간의 제스처에 세 번째 놀라며 정신을 번뜩 차렸다.

"저 젊은이가 소드 마스터?"

딘 로스차일드는 자신의 판단력에 혼동이 옴을 느꼈다.

소드 마스터에 대한 정보는 꿰고 있었지만 현실과 매치하기에는 어려도 너무 어린 모습 탓이었다.

같은 순간, 강서린의 시선이 셋 중 유일하게 안면이 있던 무합 사마르에게 옮겨가고 있었다.

'변한 게 없군.'

답답할 정도로 껴입은 아랍 전통 복장 때문인지 과거의 모습과 조금도 다를 바 없었다.

바로 직전만 해도 머리칼이 곤두설 만큼 기세 싸움에 빠져 있던 무합 사마르는 언제 그랬냐는 듯이 완전한 무방비 상태였다.

물리적 충돌을 앞에 두고 이런 식으로 기세를 푸는 건 항복을 한다거나 죽여 달라는 말과 매한가지.

그럼에도 불구하고 눈웃음까지 치며 돌아서는 그녀였다.

"오랜만이에요, 서린 님."

꽤나 어설프지만 그래서 정성이 느껴지는 한국말이 들려왔다.

강서린은 피식 웃으며 고개를 끄덕여 보였다. 전에도 느꼈지만 이 여자는 친화성이 아주 좋았다. 더욱 마음에 드는 건 파동을 안정시키는 수준이었다.

"매우 강해졌군."

그의 입에서 유창한 영어가 흘러나왔다. 인사치고는 뜬

금없는 내용이지만 무합 사마르는 기쁜 눈빛을 감추지 못했다. 다른 사람도 아니고 자그마치 공인된 최강자의 칭찬이기 때문이었다.

"예전에 지적해 주신 게 무척 큰 도움이 되었어요."

"지적? 내가 뭐라고 했던가?"

강서린이 전혀 기억하지 못하는 것처럼 되묻자 무합 사마르는 조금 허탈한 마음이 들었다.

'휴, 누구는 하루도 잊지 못하고 수행을 반복했는데 돌아서자마자 잊어버렸나보네. 하여튼 대단한 사람이야.'

그렇다고 기분이 상한 건 아니었다. 오히려 지극히 최강자다운 반응이란 생각에 더욱 미소가 진해지는 그녀였다.

"무식하게 힘만 키우는 건 멍청한 짓이라며 싸우는 법을 먼저 익히라고 하셨어요."

"흠, 그랬군. 그래도 이만큼 달라진 건 괄목할 만하다."

강서린이 중얼거리듯 한국말을 흘려냈다. 잘 알아듣진 못해도 무합 사마르는 재빨리 웃으며 말했다.

"호호, 노력한 보상을 받은 기분이네요. 조금만 늦으셨으면 행동으로 보였을 텐데 아쉽기도 하고요."

"그야, 계속해도 상관없지만 빨리 끝날 것 같지가 않군."

강서린의 시선이 슬쩍 무합 사마르의 맞은편으로 옮겨갔다.

대놓고 승패를 가늠하기에는 파동만 가지고 한계가 있었다. 개개인의 기술이나 전투적인 감각도 그에 못지않게 중요했다.

"여기 이분은 바티칸에서 나온 기사단장님이에요. 저와는 서로의 종교적인 입장 차이로 좋지 못한 관계를 유지하고 있답니다."

드디어 강서린의 시야에 단죄의 성기사가 들어가자 무합 사마르는 최대한 차분한 표정으로 조심스럽게 설명했다.

"알고 있다."

"네?"

"몇 번 만난 적이 있다."

"아, 그러시군요."

예상치 못한 강서린의 반응에 무합 사마르는 조금 당혹스러운 어조로 말끝을 흐렸다.

사실 그녀는 이곳에 온 셋 중에 자신만이 그와 안면이 있다고 생각했지만, 강서린은 지난 3년간 세계를 돌아다닌 몸이다.

존 하우드 워릭과의 인연은 이번이 세 번째였다.

'칫, 이상하네. 저 광신도 단장이 소드 마스터를 만나고도 여태껏 살아 있었다는 거야? 순교 어쩌고 한 건 다 사기네, 사기!'

왠지 억울한 심정이 든 무합 사마르는 이런 외침이 입안에서 맴돌았지만 한 발 뒤로 물러나는 걸 택했다. 조금 치기 어린 생각을 하긴 했어도 소드 마스터를 목전에 둔 채 그런 기미를 비춘다는 건 정신 나간 짓거리 그 이상이니까.

강서린은 그런 그녀에게 더 이상 관심을 두지 않았다. 기세를 풀어버린 마당이라 귀찮게 '계속 할 거냐' 라고 묻거나 '그만 했으면 하는데?' 식의 통보는 필요 없었다.

이에 비해 지금 보는 인물은 달랐다. 그는 여전히 살기 어린 기세를 뿜어내고 있었다.

어찌 보면 자신을 무시하는 태도임에도 강서린은 오히려 아무렇지도 않다는 표정이었다.

싸움이 벌어지려는 판국에 끼어든 자체가 그의 구미에 맞지 않는 행동이었고 같은 남자로서 이해하는 마음도 있기 때문이었다.

물론 그건 그거고 자신은 자신이었다.

"이봐, 볼일이 있어서 온 게 아니었나? 따라오지 않을 거면 돌아가라."

강서린은 조금의 거리낌도 없이 단호하게 말했다. 그게 자신의 심중이기에 다른 여부는 일체 집어넣지 않았다.

마치 바위가 된 것처럼 미동조차 없던 존 하우드 워릭이 한차례 어깨를 움찔하며 큰 숨을 내뿜어냈다.

"후욱!"

순교를 골백번 불사한다 해도 거리낌이 없으리라. 하물며 이단을 징치하기 위해 개전 구호까지 외쳤건만! 이 신성한 징치를 방해하는 것은 그게 무엇이라도 신벌을 내리는 게 성기사의 사명.

그러나 역설적이게도 저자가 가진 후광은 예전과 다름이 없었다.

존 하우드 워릭은 이전과 마찬가지로 분노를 억눌렀다. 대신 신심을 일깨웠다.

그는 성기사의 자리에 오른 순간부터 사람의 선악을 구별할 줄 알았다. 선인은 얼굴에 후광이 비쳤고 악인이나 이단일수록 그 얼굴이 어두웠다.

즉, 후광의 유무는 신이 그에게 준 은총이었고 그는 이 믿음을 절대적으로 맹신했다.

그러나 과거 단 3번! 이 믿음이 흔들린 적이 있었다.

바로 저자!

존 하우드 워릭은 또다시 시작된 믿음의 흔들림에 마음 깊이 참회의 기도를 읊으며 신성력을 거둬들였다.

'주님, 당신의 크신 뜻을 받들겠나이다.'

설마 하며 지켜보던 무합 사마르의 입에서 작은 탄성이

새어 나왔다.

"아······."

그녀가 아는 단죄의 성기사는 상대의 강함이나 친분 여하에 꼬리를 내릴 인물이 아니었다. 최소한 반발이라도 한번 할 줄 알았는데 너무도 쉽게 태도를 바꾸자 도무지 이해가 안 되는 것이다.

지금 딘 로스차일드의 심정 역시 그런 그녀와 다르지 않았다.

차이가 있다면 그는 마법사의 혜안과 오랜 경륜으로 좀 더 이성적인 생각이 가능하다는 정도.

'허어! 놀랍구나. 소드 마스터가 아무리 무섭다고 해도 신앙으로 무장한 저 기사단장의 의지조차 돌아서게 만들다니?'

세상에 절대란 없다고 믿는 마법사로서 현 상황 자체에 문제 제기를 하는 건 아니었다. 만약 최소한의 협박이나 몸싸움이라도 오갔다면 충분히 이해하고 넘겼을 터였다.

그러나 이런 과정이 완전히 누락됐고 여기에 대한 의심은 또 다른 의심으로 이어지기에 충분했다.

'으음, 설마······.'

오래 않은 과거, 신분을 숨기고 세상의 강자를 탐색하던 시절에 문득 자신의 뇌리에 솟구쳤던 무서운 가설······. 훗

날 너무도 현실성이 없다는 판단에 기억의 한쪽으로 미뤄
뒀던 이 가당치 않은 가설이 물밀 듯 떠오르고 있었다.

*　　　*　　　*

완공을 앞두고 갑자기 패쇄된 북천루 주변에는 이른 시
간임에도 적잖은 인파와 차량이 소통하고 있었다.

그러나 이런 북적거림에서 완전히 제외된 공간이 있었
다.

바로 제복 차림의 공안 10여 명이 지키고 서 있는 북천루
의 정문 부근 30미터 반경이었다. 이렇듯 일반인이 인근을
지나는 것조차 꺼릴 만큼 공안 권력이 대단한 나라가 중국
이었다.

하지만 그런 공안들도 한 노인이 다가서자 고압적이던
자세가 백팔십도 바뀌었다.

"추웅!"

가장 높은 계급의 공안 경사가 바짝 얼어붙은 자세로 경
례를 붙였다.

조금 전 무전기를 통해 강력한 지시를 하달받은 탓이었
다. 그것도 한참 윗선으로부터였다.

"무엇이든 협조하라는 명령을 받았습니다."

"딱히 협조할 건 없네. 자물쇠나 풀고 저만치 물러가 있게."

노인은 뒷짐을 진 채 걷고 있었고 그 자세 그대로 흘려내듯 말하며 지나갔다.

그러나 경사는 감히 부언을 달지 못하고 황급히 부하들에게 손짓했다.

곧바로 철컹 소리와 함께 북천루의 정문을 봉하고 있던 두꺼운 쇠사슬이 풀려났다. 동시에 검은 천으로 가려져 있던 호화로운 정문이 그 모습을 드러냈다.

최고 품질의 자단목을 수십 겹 가공하고 그 위에 금박을 씌운 다음 옥을 녹여 용의 형상을 박아 넣은 정문.

"허허, 자금성의 궁문이 여기에 또 있었구나. 이 땅에 황조 시대라도 복원할 욕심이었는가?"

노인, 남궁관악은 헛웃음을 지을 수밖에 없었다. 북천루의 정문을 마주하자 새삼스레 기막힌 감정이 치솟는 것이다.

'어찌 보면 참으로 다행스런 일이다. 강 공이 아니었으면 누가 있어 이 정신 나간 놈의 야욕을 무너뜨렸겠는가?'

결과적으로 소드 마스터 강서린의 개입이 훗날의 크나큰 불상사를 예방한 셈이었다.

하지만 이 예방은 완전히 끝나지 않았다.

'기필코 오늘 맹주를 잡아야 한다. 내 목숨이 끊어지는 한이 있더라도.'

누구도 몰랐다. 맹주가 도대체 무슨 수로 이토록 엄청난 무력을 숨겨뒀는지를.

때문에 어떤 위험성이 이 안에 도사리고 있을지는 쉬이 짐작조차 되지 않았다.

하지만 그에게는 모든 불확실성을 떠나 확실한 한 가지 믿음이 있었다.

'강 공 앞에서는 부질없는 반항일 터. 인질만 믿고 배짱을 부리는 모양인데 네 녀석의 자만이 노부의 짐작보다 크기를 기원하마.'

그가 이런 심산을 불태우며 전의를 다질 무렵, 연달아 3대의 차량이 북천루의 정문으로 다가서기 시작했다.

차들은 마치 약속이나 한 것처럼 일정 간격을 둔 채 멈춰 섰다. 그러자 공안 대원들이 재빨리 그쪽으로 달려갔다.

"멈춰라! 나와 같이 안으로 들어갈 사람들이다. 너희는 경계에 전념하도록 하라!"

남궁관악은 3대의 차 중 맨 정면의 운전자가 낯익은 얼굴임을 확인하고 큰 소리로 공안들의 움직임을 제지했다

"충!"

공안들은 재차 거수경례를 붙이며 달리던 행동보다 더욱

빠르게 본래 자리로 돌아갔다. 동시에 차량들의 문이 일제히 열렸다.

'흐음? 저 사람이야 강 공의 비서실장이고 저 여자는 누군데 강 공과 동석하고 있는고?'

차량을 향한 남궁관악의 눈빛이 순차적으로 달라졌다. 맨 앞차야 기다리고 있던 인물이 내렸다.

그런데 의아함은 그 다음이었다.

처음 보는 아랍인 여자가 뒤이어 내리는 것이다.

그런데 여기서 끝이 아니었다. 다음 차에서는 웬 서양인이 덜렁 내렸는데 자신 못지않은 늙은인 것이다.

그리고 그 다음은 더욱 가관이었다.

이번에도 서양인. 다행히 체구도 큼지막하고 힘깨나 쓸 것 같은 인상이지만… 세 번째 차에서 내린 서양인 사내는 이곳 상황과 심하게 동떨어져 보였다.

'신부 뭐라는 작자 아닌고?'

남궁관악은 황당하다 못해 어안이 벙벙했다. 앞서 강서린에게 홀로 움직이지 말아줄 것을 부탁했고 이에 예상치 못한 답변을 들었던 그였다. 그는 당시의 답변을 떠올리며 인상을 찌푸렸다.

'하면 저 치들이 구출 작전을 도와줄 응원 세력이란 겐가?'

그는 해명을 바라는 표정으로 강서린을 보았다. 물론 소드 마스터의 입에서 일행에 대한 설명 같은 건 바라지도 않았다. 다만 기본적인 언질 정도를 요구한 셈이었다.

이런 남궁관악의 눈길을 접한 강서린은 그 특유의 무심한 얼굴로 걸음을 때며 한마디 툭 던졌다.

"당신보다 강한 자들이다."

"……!"

남궁관악의 두 눈이 동그랗게 벌어졌다. 놀라도 보통 놀란 기색이 아니었다.

그럴 만도 한 게, 그는 세계를 놓고 봐도 열 손가락 안에 꼽힌다는 강자였다. 다시 말해 세계를 통틀어도 그와 비견되거나 강하다고 할 만한 인물이 10명이 넘지 않는 다는 의미였다.

만약 다른 사람이 이런 말을 지껄였으면 불같이 화를 내며 경을 쳤을 터였다.

하지만 검존은 허언을 모르는 자였다. 농담 같은 건 말할 것도 없었고.

'어허? 물론 숨은 강자가 없다고 할 순 없겠지. 하나 아무리 그래도 무공도 모르는 저 서양인들이 노부보다 강하다?'

그는 커진 눈을 감추지 못한 채 서양인들을 보았다. 아무리 살펴봐도 강하다는 낌새 자체가 느껴지지 않았다.

그러거나 말거나 강서린은 북천루 내부의 파동에 집중하고 있었다.

빠른 속도로 북천루 내부의 지도가 머릿속에 그려졌다. 물론 이 지도에는 살아 움직이는 인간의 위치가 점처럼 포착되어 있었다.

그러다가 그의 심기를 건드린 건 가장 깊숙한 건물 안쪽에서 맴돌고 있는 민혜설의 파동이었다.

'건물 내부다. 위치로 보아 탈출을 시도 중인 모양이군. 그리고 그 옆에 누군가 있다.'

집중하지 않았다면 자신이라 해도 알아채지 못했을 만큼 미약한 파동.

일반인보다도 못한 파동이지만 강서린은 이내 고개를 끄덕였다. 아는 파동이었다. 왜 이렇게 미약한지도 곧바로 이해가 됐다.

'노야께서 오셨군.'

하늘 아래 진심으로 존경하는 유일한 타인이 바로 이곳에 있었다.

바로 청와대 주방에 있어야 할 성승 합비였다.

예상치 못한 성승의 파동에도 그의 표정은 달라지지 않았다. 충분히 그럴 수 있다고 여긴 것이다.

성승이 친손녀처럼 아끼는 여자.

북천루에 잠입할 능력이 차고도 넘치는 성승.

오히려 성승의 파동을 읽었기에 민혜설의 위치에 대한 의심이 사라졌다.

'바깥에 있는 놈들이 서른한 명. 맨 뒤에 숨은 놈이 맹주라는 작자인가.'

파악이 끝났다.

그가 대문 앞에 설 때까지 불과 숨 몇 번 들이쉴 만큼의 시간만이 흘렀을 뿐이다.

쾅!

손도 대지 않았는데 정문이 굉음을 내며 순식간에 활짝 열렸다.

타타타탁!

강서린은 뛰었다. 그의 머리칼이 공중으로 떠서 세차게 휘날리고 있었다.

장원 내부는 가운데의 가장 큰 건물과 그 양옆의 중간 규모 건물, 그리고 대문 앞으로 만들어진 넓은 평방의 건물로 구성되어 있었다.

정면의 넓은 건물을 돌아가거나 내부로 통과해야 핵심 건물에 다다르는 구조.

하지만 강서린의 발길로는 한달음에 불과했다.

말 그대로 한달음에 삼십 미터 이상 되는 높이를 뛰어넘은 것이다.

핵심 건물은 웅장했으며 그가 뛰어넘은 건물과는 축구장 반만 한 크기의 공간을 사이에 두고 있었다.

강서린은 번쩍이는 대리석 위에 내려섰다.

그의 앞으로는 거대한 돌계단이 켜켜이 쌓여 있었고 이 계단 좌우로는 서른 명의 통일된 복장을 한 무리가 진을 치고 있었다.

강서린은 자신을 보고도 마치 망부석마냥 미동조차 없는 그들의 태도에 입매를 슬쩍 비틀었다.

"당무독인가 하는 자보다야 훨씬 낫군."

"크하하하! 어서 오너라! 최강자여! 본 황제의 즉위식을 위한 제물이 되어라!"

대소와 함께 계단의 가장 위에서 커다랗고 번쩍이는 태사의가 나타났다. 이 태사의 위에는 용포를 걸친 미(美)중년 남자가 앉아 있었다.

강서린은 대답은커녕 표정 하나 달라지지 않았다. 그냥 손을 들더니 한 발 앞으로 걸었을 뿐이다.

이글거리는 번개의 검, 아니, 검이라고 하기에도 뭐한 번개 다발이 아래에서 위로 터져 올랐다.

빠지직!

용포 중년인의 낯빛이 획 하고 달라졌다. 거만했던 표정도 달라졌고 파묻혀 있던 상체도 반쯤 올라왔다.

"저, 저! 무슨!"

용포 따위는 백 벌을 껴입어도 절대로 피할 수 없는 천벌이 지상에 도래하고 있다.

황제의 권력이 아무리 대단해도 하늘보다 높을 수야 없는 이치.

하물며 번개야말로 고래부터 천벌이라 불린 하늘의 권능.

스스로 황제라 천명했던 북궁천위는 이제 고양이 앞에 선 생쥐의 심정처럼 두려움을 느끼고 있었다.

그는 부들부들 떨며 용포가 무색해질 만큼 발작적인 고성을 내질렀다.

"으으, 죽, 죽여!"

계단에 도열해 있던 호위대가 드디어 움직이기 시작했다.

그런데 이미 호위할 인물의 눈 속에는 검은 덩어리가 급속도로 가까워지고 있었다.

"으헉!"

북궁천위는 태사의를 박차고 일어났다. 본능적인 반응이었다.

쾅!

간발의 차이로 맨 뒤에 있던 호위 무사의 몸뚱이가 검은 덩어리와 부딪쳤다.

콰드득!

충돌한 무사의 육체는 그대로 튕겨나가 계단 속에 박혀 버렸다.

보통 이런 상황이라면 제아무리 철석간담을 지닌 사람이라도 그 자리에서 경직될 것이다.

실제로도 북궁천위 본인은 아무런 대응도 하지 못하고 주춤거리는 게 다였다.

이에 비해 나머지 호위 무사들은 마치 감정이 없는 기계처럼 달려들었다.

강서린은 당연히 이들을 무시했다. 그는 머리를 따버리면 간단한 일을 두고 손발을 상대할 만큼 귀찮음을 즐기는 성격이 아니었다.

그런데 느닷없이 대단한 수준의 폭발이 일며 그 여파가 그의 전신을 덮쳐왔다.

"흥!"

강서린은 차갑게 웃으며 검을 들었다.

그러고는 그 검을 크게 휘둘러 마치 채찍이 도는 것처럼 자신을 감쌌다.

휘릭, 펑!

북이 터지는 소리와 함께 갑자기 강서린의 몸이 1미터쯤 공중으로 솟구쳐 올랐다.

폭발의 진원지는 정면 계단에 박혀버린 호위 무사의 시체.

그가 직전에 '당무독보다 낫다'는 말뜻이 바로 지금에 부합되는 의미였다.

이른바 폭발하는 마공을 익힌 무사들. 일전에 본 당무독과 차이가 있다면 원리는 비슷하지만 이들은 좀 더 완성된 형태였다.

'꼭두각시에다가 수틀리면 자폭까지 하는군.'

게다가 그 위력도 상당한 수준이었다.

강서린은 좀 더 살심을 키웠다.

귀찮더라도 만에 하나 있을 구멍조차 남기지 않을 심산이었다.

북궁천위는 마공의 폭발에도 멀쩡한 강서린의 모습에 기겁을 했다.

그는 반사적으로 호위 무사 전부에게 자살 비슷한 명령을 외쳤다.

"저, 저 놈! 저놈을 필, 필살하라!"

강서린은 잠시 움직임을 멈추고 대기했다.

계속 움직였다면 상대가 말을 더듬기도 전에 멱을 따버릴 수 있었다. 다만 다 쓸어버릴 결심이기에 그렇게 하지 않은 것이다

남궁관악은 무인의 정심을 세워 차분한 모습을 유지했으
나 의식이 되는 건 어쩔 수 없었다.

'이제 놀랍지도 않구먼.'

지척에서 따라 들어오는 서양인 노인에게 가장 먼저 향
하는 의식.

저 노인이 어눌한 중국말을 꺼낼 때만 해도 그저 약간 놀
라는 정도였다.

"반갑습니다. 귀하의 이야기는 많이 들었습니다. 나 딘
로스차일드요."

격식을 갖추려고 한 것 같은데 어딘지 모르게 괴상한 말본새. 그나마 동년배처럼 보이지 않았다면 대놓고 한 소리했을 남궁관악이었다.

"크흠, 남궁 모라 하오이다."

상황이 상황인지라 이들에게 썩 인상이 좋지 않았던 그는 이 정도 말로 간단히 응대했었다.

하지만 이어서 '니하오'를 시작으로 들린 유창한 중국말에는 천천히 그리고 완벽하게 그답지 않은 경망된 태도를 보여야만 했다.

"저는 알라를 모시는 코란의 사제입니다. 사제명인 레티나라고 부르시면 되어요. 그리고 여기 이분은 바티칸에서 오신 시온수도회 소속 존 기사단장님이세요."

물론 이 정도로는 부족했다. 여기서 소개가 끝났다면 이름 높은 중원제일검이 한낱 서양인들 따위를 의식하며 긴장하는 태도는 절대 보이지 않았을 터였다.

"여기 태양의 현자 딘 님은 중국어를 할 줄 아시니 괜찮지만 존 단장님은 중국어를 할 줄 모르세요. 그래서 실례를 무릅쓰고 제가 소개해 드렸습니다."

"알았소이다."

'허? 태양의 현자? 말코 주제에 명호 한번 거창하구나.'

남궁관악은 퉁명스럽게 대답했지만 내심은 이랬다. 그러

다가 곧바로 이 태양의 현자라는 호칭에서 또 다른 무언가가 떠올랐던 그였다.

'태양? 현자? 으흠…… 그러고 보니 십대 초인 중에 가장 강하다는 서양인의 명호랑 비슷하구나. 아닌가? 으잉?'

비슷한 게 아니라 똑같았다. 그리고 서양인이다. 겉모습을 보니 현자라는 명호랑 잘 어울린다. 십대 초인 중 첫 손으로 꼽히는 태양의 현자도 나이가 꽤나 많다고 했다.

뒤늦게 십대 초인의 지위에 오른 그는 직접 싸웠던 일본의 비천검을 제외하면 다른 이국의 초인은 만나본 적이 없었다.

그래서 쉽게 상대를 파악하지 못했다. 하지만 이쯤 되니 설마 하는 눈초리로 변했고 뒤이어 들린 웃음 섞인 목소리는 쐐기 그 이상으로 작용했다.

"호호, 사람들은 세상에 열 명의 초인이 있다고 하지만 그중 네 명이 함께 움직일 줄은 꿈에도 모를 거예요."

번쩍!

남궁관악은 자신의 머리에서 섬광이 터지는 걸 느꼈고 그제야 강서린이 말했던 '지원 세력'에 대한 의미를 명확히 깨달을 수 있었다.

중동의 초인인 알라의 칼 무합 사마르.

북미의 초인인 태양의 현자 딘 로스차일드.

바티칸의 초인인 단죄의 성기사 존 하우드 워릭.

무공으로 화경에 올랐다는 건 그만큼 비범한 천품을 타고났다는 의미였다. 태양의 현자를 제외하면 명호는 물론이고 풀네임도 듣지 못했지만 이 정도만 갖고도 충분했다.

무엇보다 이들을 데려온 사람이 강서린이었다.

최강자가 데려온 지원 세력.

이야말로 서양인들의 신분을 증거하는 가장 확실한 요소가 아닌가?

지금, 이들 셋과 함께 움직이기 시작한 남궁관악의 심중에는 하나의 씁쓸한 가정이 솟구치고 있었다.

'설혹 그에게 조국에 대한 충성심이 없다고 해도 존재하는 자체가 나라 간의 관계에 영향을 미치겠구나. 자칫 중국 정부가 대국의 국력만 믿고 한국을 업신여겼다가는……'

가정은 곧 결심으로 바뀌었다.

'그리될 수야 없지. 아무래도 정녕 일선에 나서야겠구나.'

생각이 행동보다 빠른 건 당연한 세상의 이치였다.

그런데 간혹 생각보다 몸이 먼저 반응할 때도 있었다. 다음 순간, 북천루에 진입한 4명의 초인이 그러했다.

콰쾅!

천진에 진동하는 폭발음!

각기 자세나 방법은 달랐지만 하나같이 엄청난 속도로 정면의 건물을 뛰어올라 지붕위로 떨어졌다. 그리고 보았다.

검은 그림자들이 강서린을 덮쳤고 눈 깜짝할 사이에 폭발하기 시작하는 광경을.

얼핏 보기에는 진짜 폭탄처럼 거대한 불꽃을 나타내지 않았다. 그저 인분이 탈 때 나는 시큼한 냄새와 함께 진한 청광만이 중첩되고 있었다.

하지만 이를 지켜본 3명의 초인들은 그저 힘만 센 바보가 아니었다.

"아아! 어떻게 저런 폭발이!"

무합 사마르의 보세이에서 신음에 가까운 탄식 소리가 흘러나왔다.

느긋한 신색이던 딘 로스차일드 또한 두 눈이 찢어질 것처럼 커져 있었다. 마법사의 눈으로도 판별하기 어려운 폭발력이라니? 만약 지척에서 이에 대한 실마리가 들려오지 않았다면 해답을 찾고자 가장 먼저 움직였을 그였다.

"폭발하는 마공!"

"마공이라니? 그게 무엇이오?"

남궁관악은 매우 격양된 상태였지만, 말을 하지 못할 만큼 이성을 잃은 건 아니었다.

"으으음, 본인도 자세히는 모르오. 얼마 전에 대략적인 설명만 들은 정도요."

딘 로스차일드는 그 설명이란 내용에 대해서 묻고 싶었지만 무합 사마르가 끼어들면서 말할 타이밍을 놓쳤다.

"그게 문제가 아닙니다. 그분께서 보이지 않습니다. 설마⋯⋯."

그녀는 차마 말끝을 잇지 못했다. 끔찍한 폭발이 터졌고 그 중심에는 사람이 있었다. 일반적인 관점에서 본다면 다른 부언이 필요 없는 상황인 것이다.

"허어! 지금 무슨 생각을 하는 거요? 이까짓 일로 검존이 죽기라도 했다는 거요?"

남궁관악이 어지간해서는 쓰지 않는 영어까지 쓰며 면박에 가까운 어조를 내뱉었다. 세가의 직계로서 엘리트 교육을 받은 그는 당연히 영어 정도는 떼고 있었다.

하지만 그 역시 이어서 들려온 존 하우드 워릭의 묵직한 저음에는 일순 말문이 막힌 모양새였다.

"핵폭발 이상이다. 저 폭발이 여기까지 번졌다면 우리 또한 무사하지 못했겠지."

정말로 폭발의 진원지는 핵이 연쇄 폭발을 일으킨 것처럼 공간 그 자체가 물결치며 일그러져 있었다. 말하자면 대단히 작은 범위에서 핵폭발 비슷한 수준의 파괴력이 발생

한 셈이었다.

폭발이 사라지며 드러난 광경은 실로 무시무시했다.

넓고 높은 계단의 중심은 마치 싱크홀 현상이 벌어진 것처럼 푹 파여 있었다. 아니, 그보다 뚫렸다는 표현이 알맞을 정도였다.

"자자, 아직 속단하기에는 이르오. 손주 녀석에게 들은 말이지만 소드 마스터는 빌더버그 그룹과 싸울 적에 핵을 맞고도 멀쩡했다고 들었소. 우선 내려가 봅시다."

"저도 폭발 따위에 그분이 잘못됐다고는 믿지 않아요."

무합 사마르가 딘 로스차일드의 말을 매섭게 덧붙이며 뒤따라 내려갔다.

한편, 두려움에 빠져 반쯤 이성을 잃었던 북궁천위는 이제 정반대의 희열에 휩싸이며 이성을 잃고 있었다.

"흐흐! 으하하하!"

황제의 위엄을 상징하는 태사의가 완전히 박살 나 버렸다. 용포도 너덜거렸고 피부조차 벌겋게 익어버렸다. 그러나 천하 최강자를 쓰러뜨렸다는 기쁨에 비하면 이 정도 희생쯤은 아무 것도 아니었다.

"암! 그렇고말고! 으하하하!"

사위가 쩌렁거릴 만큼 광소를 터뜨린 그가 일순 희열이 번들거리는 동공을 내려 아래를 주시하기 시작했다.

"흐흐, 창천의 검이라! 황제의 즉위식에 참으로 흡족한 제물이 아니더냐!"

계단의 높이는 상당했으나 남궁관악은 화경의 무인이었다. 이 정도 거리는 청력을 집중시켜 듣는 데 아무런 장애가 될 수 없었다.

"황제라고? 이놈이 미쳐도 아주 단단히 미쳤구나!"

챙!

주인의 노성과 함께 남궁세가의 비전 지보인 창천보검이 그 고풍스런 위용을 드러냈다. 동시에 사방 천지로 바라만 봐도 베일 것 같은 날카로운 기세가 팽창하기 시작했다.

마치 한 자루 벼려진 검처럼 서슬 퍼런 기세를 내뿜는 남궁관악. 검 하나를 쥐었을 뿐인데도 너무나 달라진 그의 존재감은 지척의 다른 초인들까지도 흠칫거리게 만들 정도였다.

그런데 이뿐만이 아니었다.

남궁관악은 당무독과의 싸움에서도 자제했던 살검의 초식을 초반부터 빼들고 있었다.

이른바 섬전십삼검뢰(閃電十三劍雷).

열세 번 내리 떨어지는 번개를 보고 남궁세가의 한 사조가 만들었다는 극한의 쾌검이자 필즉사의 살검. 하지만 워낙 익히기가 어려워 이미 오래전에 실전됐다고 알려진 절학이었다.

남궁관악 자신 또한 우연한 기회로 습득하여 극성에 달할 정도로 익혔으나 그조차도 심마에 빠질 만큼 패도적이고 살기 짙은 절학이라 스스로 봉해야만 했던 검법이었다.

지지지징!

창천보검이 검명을 토해냈다. 동시에 열셋의 검기 다발이 뿜어지며 주인을 감싼 채 날아오르기 시작했다.

"이런!"

딘 로스차일드는 자신의 살아생전에 오늘만큼 연이어 놀란 적이 있었는가 싶을 정도였다.

같은 십대 초인에 속한다고는 하지만, 여기 있는 두 사람을 제외하면 나머지 초인들은 수준이 크게 떨어진다고까지 여겼던 그였다.

그런데 지금 목격한 능력은 그가 알고 있던 동방의 능력인 '무공'의 수준을 다시 생각하게 할 만큼 위협적이었다.

무합 사마르와 존 하우드 워릭 또한 그와 비슷한 감정을 느꼈는지 별반 다르지 않은 눈빛을 하고 있었다.

\*        \*        \*

강서린은 전각을 빠져나오며 작게 인상을 썼다.

"무슨 생각이지, 이 늙은이?"

남궁관악의 파동이 극도로 팽창하고 있었다. 그의 수준으로 비춰볼 때 육체의 부담도 크겠지만, 오래 지속되지도 못할 힘이었다.

게다가 더 큰 문제는 상대와의 거리였다.

순간적으로 쏟아야 할 기력을 거리를 좁히는 와중에도 지속하고 있으니 잘해봤자 한두 번 휘두르는 게 고작이었다.

물론 상대가 약하다면 그 한두 번으로도 승패가 결정 날 것이다.

그런데 파동의 팽창은 남궁관악 혼자만 일으킨 게 아니었다. 상대도 그 엇비슷한 수준의 파동을 뿜어내고 있었다.

"짜증나는 늙은이. 괜한 힘을 쓰게 만드는군."

강서린은 인상을 풀지 않고 발끝에 힘을 줬다.

그러자 마치 잔잔한 호수 중앙에 파문이 일어나듯, 거대한 진공의 파문이 그를 중심으로 사방을 향해 퍼져 나갔다.

그렇게 시작된 공간 압축. 그 스스로 절대라 정의 내린 공간이 펼쳐진 것이다.

빛살이 된 공간.

빛살이 사라지자 전혀 다른 공간에 우뚝 선 강서린.

북궁천위는 자신의 등 뒤로 누군가 등장했음은 전혀 알

아채지 못했다. 만약 조금이라도 기척을 느꼈다면 지금처럼 한껏 거만을 떨지는 못했을 것이다.

"가소로운지고! 본좌의 무공은 이미 천인지경에 도달했느니라!"

예전 같았으면 절대 함부로 상대하지 않았을 검치의 검도 현재의 그에게는 전혀 위협이 아니었다. 무림의 진신 정화가 녹아들어 있는 천불총의 신비를 독점하면서 상고의 절학을 아무런 제약 없이 펼칠 수 있는 몸이 됐다.

북궁천위는 기괴하게 웃으며 온몸을 강철같이 단단하게 만들었다. 이 비학은 방어뿐만이 아니라 뇌가 잘리지 않으면 어떤 경우에도 재생이 가능한 사기적인 술수였다.

또한 그는 여기서 그치지 않고 자신의 양손을 피처럼 붉게 만들었다.

오랜 옛날, '마조'라 불리며 숫한 무림인을 학살했던 전설적인 마공이 현세에 재현된 것이다.

"크하하! 창천의 검을 반으로 잘라주마!"

북궁천위는 쉽게 남궁관악을 죽일 생각이 없었다. 젊은 시절의 굴욕을 백배 천배로 갚아줄 생각이었다.

어이없게도 계단을 튕기며 오르던 검치가 돌연 멈춰 서지 않았다면 말이다.

"아니?"

무인에게 있어 공격을 하려다가 만다는 건 무인이길 포기하는 것과 진배없는 행위였다.

하물며 중원제일검이라 칭송받는 인물이 검을 휘두르다 말아버린다고?

뿐만 아니라 서버린 남궁관악의 표정이 마치 귀신에 홀린 것처럼 굳어 있었다.

이상해도 보통 이상한 상황이 아니다.

그러나 광기에 젖어 있던 북궁천위의 정신은 조금의 망설임도 없이 자신이 보는 광경을 자기중심적으로 해석해 버렸다.

"크흐흐흐! 본좌의 위대한 힘을 느꼈는가? 과연 중원제일검답도다."

상황이 이쯤 되자 아까의 상황도 아쉬워지는 그였다.

"검존이란 어린놈을 그리 쉽게 죽이는 게 아니었어. 아까운 수하들만 낭비했도다."

한편, 단전이 아려올 만큼 급박하게 내공을 가라앉히던 남궁관악은 자신의 귓전에 '검존' 운운하는 소리가 닿자 기막힌 실소를 금치 못했다.

'허허, 저런 미친 녀석이 맹주랍시고 세가 연합을 이끌었다니…….'

힘에 취한 나머지 판단력이 흐려진 건 잘못이 아니었다.

죽을 짓은 더더군다나 아니었다.

하지만 '그'를 지척에 두고 도발했다는 건 죽고 싶어 환장한 짓이라고 확신하는 남궁관악이었다.

그리고 이런 확신은 오래지 않아 현실이 됐다.

"쉽게 죽어주지 않았으니 너무 아쉬워하지 마라."

강서린이 말했다. 조용한 목소리, 그것은 사신의 목소리였다.

직전 남궁관악에게 '멈춰라'는 의미의 무형적인 언어를 날린 그는 이미 오른손에 검병을 쥐고 있었다.

"어억?"

북궁천위가 대경실색하며 돌아섰다. 이어서 그의 하체가 엉거주춤 뒷걸음질 쳤다. 그는 눈앞에 보이는 강서린의 모습에서 입을 다물지 못했다.

그리고 그게 끝이었다.

휘익, 퍽!

기이할 만큼 광택이 없는 무색의 광검이 북궁천위의 목을 훑고 지나갔다.

입 한번 놀릴 틈도 없이 머리 하나가 날아올랐다. 무소불위의 권력을 휘두르던 인물치고는 믿기 힘들 만큼 초라한 최후였다.

상대가 뭐라고 말을 하든 그는 멈추지 않는다. 지위, 제

물, 애원, 그 모든 것은 강서린이 행동을 하기 전에나 소용
이 될 수 있는 것이다.

일단 움직이기 시작하면 생각을 멈추고 표적에 집중하기
때문에 일절의 타협이 있을 수 없다.

강서린은 자신이 상대하는 자가 어떤 모습을 하든 망설
이는 성격이 아니었다.

턱!

강서린은 땅으로 떨어진 북궁천위의 머리를 한차례 응시
했다.

경악한 표정, 그의 눈동자에는 뭔지 모를 억울한 감정이
새겨져 있는 것 같았다. 숨겨둔 패가 더 있는데 다 까보지
도 못하고 당했다는 항변일까?

하지만 강서린은 별로 신경 쓰지 않고 발로 머리를 툭 쳐
서 계단을 구르게 만들었다.

남궁관악은 데굴거리며 떨어지는 북궁천위의 목을 보자
일순 심정이 복잡해지는 걸 느꼈다.

'무엇이 아쉬워 그리했는가? 이 어리석은 사람아.'

죽을죄를 진 건 맞지만 맹의 부흥을 이끌었던 지도자임
에는 틀림없었다.

남궁관악은 일말의 안타까운 심정에 시신이나마 수습해
주고 싶었지만 차마 손을 쓰지는 못했다.

'그냥 두는 게 낫겠구나. 저 꼴로 가지고 나가봐야 망자를 욕되게 하는 꼴이겠지.'


"저자가 사람인가!"

존 하우드 워릭은 입을 벌리고 목에서부터 긁어 올라오는 목소리로 외쳤다. 죽음의 권세에서 자유로운 피조물은 아무도 없었다. 있다면 오직 피조물의 거죽을 입고 이 땅에 현신했던 주님뿐이었다. 그런데도 저기 저자는 절대로 죽어야 할 상황에서 상처 하나 입지 않고 빠져나왔다.

죽었다가 살아난 것만큼, 아니 그 이상으로 경악스러운 광경.

그리고 후광!

주님의 기적을 빙자한 사탄의 술수라고 치부하기에는 그 후광이 너무나도 밝지 않은가!

'주여! 주의 종이 답을 구하나이다!'

CHAPTER **08**
천불총

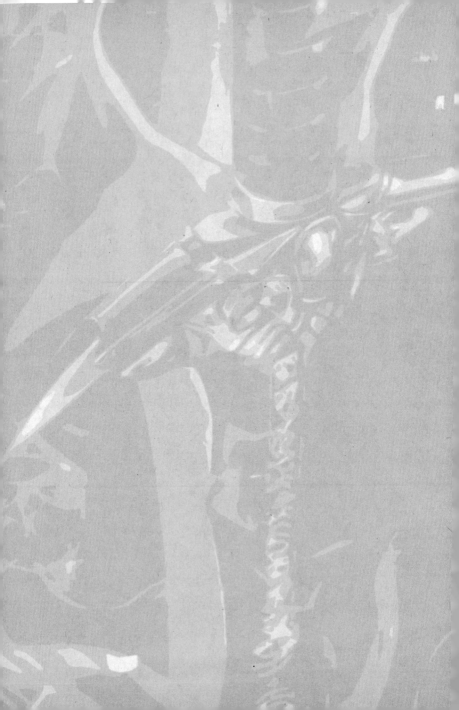

강서린은 폭발을 연막으로 삼았다. 그리고 곧바로 두 사람을 구해냈다. 지하와 건물의 경계면에 갇혀 있던 성승 합비와 민혜설이었다.

두 사람이 갇힌 공간을 힘으로 뚫으려고 했다가는 공간자체가 무너져 내리게끔 설계된, 일종의 기관이었다.

만약 오랜 수행을 통해 사물을 보는 눈이 밝은 성승 정도의 인물이 아니었다면 무리한 탈출을 강행하다가 압사당했을 확률이 매우 컸다. 한 가지 더 다행인 점은 기를 이용한 요상에 있어 성승만큼 합당한 인물도 없다는 사실이었다.

심신이 지친 민혜설은 혼절 지경에 빠져 있었지만 성승의 기운에 힘입어 건강에는 큰 이상이 없었다.

어쨌든 이로써 북천루에 들어온 강서린의 일행이 셋에서 다섯으로 늘었다. 성승 합비야 당연히 이견이 있을 수 없는 인물. 초인 계보에서도 가장 오랜 세월 최상위 서열에 놓인 강자가 바로 성승이었다.

문제는 민혜설이었다.

몸조차 가누지 못하는 그녀는 절대 일행이 될 만한 상황이 아니었다.

하지만 성승의 강한 요청과 강서린의 묵인 하에 성승이 보살피는 쪽으로 결론이 났다.

물론 성승의 요청이 타당하지 않았다면 개인적인 친분을 떠나 절대 민혜설을 데리고 다닐 강서린이 아니었다.


아미타불, 이 아래에는 지옥의 악귀들이 숨어 있습니다. 바깥으로 나간 이 아이를 악귀들이 쫓는다면 밖에 누가 있어 무슨 수로 감당하겠습니까.


사실 합비의 노안이 이 말을 하며 심각해질 때만 해도 초인 중 어느 한 사람 '악귀' 라는 단어에 대해 신경 쓰는 모습이 아니었다. 그저 불가의 특유의 비유 정도로만 여긴 셈이었다.

하지만 강서린은 달랐다.

북천루에 잠입하기 직전, 그는 살아 움직이는 생명체를 총 33명 읽었고 그중 폭발로 30명이 사라졌다.

그리고 맹주를 죽이며 단 두 명의 적만이 남게 됐다.

'살아서 움직이는 것들은 말이지.'

내심 이렇게 중얼거린 그는 망설이지 않고 주먹에 힘을 줬다. 한차례 내뻗자 공기가 요동치며 밀려났고 동시에 마치 동혈처럼 푹 파여 있던 계단 중앙이 굉음을 내며 쑥 꺼져 내렸다.

콰릉!

"간다."

그가 짧은 한마디를 던지며 번개처럼 아래로 뛰어내렸다. 느닷없는 충격파에 적이 놀란 기색이던 초인들은 조금 멈칫했으나 이내 제각각의 반응을 보였다.

"아마 세상에서 가장 화끈한 남자일 거예요, 저분은."

무합 사마르가 눈웃음을 치며 망설임 없이 몸을 던졌다. 이어서 딘 로스차일드가 둥실 떠오르며 헛웃음과 함께 움직였다.

"이거 편하다고 해야 할지⋯⋯. 허허!"

이에 비해 존 하우드 워릭은 바위처럼 묵직한 자세 그대로 아무런 말없이 그 뒤를 따랐다.

서양의 초인들이 모두 내려가자 남궁관악은 기다렸다는 듯이 심각해진 눈빛으로 성승을 돌아봤다.

"성승께서 보신 게 무엇입니까? 성승 정도 되는 분이 손녀처럼 아끼는 아이를 일부로 검존의 곁에 남기려고 할 만큼 위험한 것이 무엇이란 말입니까?"

잠시 후 성승마저 홀연한 바람과 함께 사라졌다. 하지만 남궁관악은 아무렇지도 않게 움직일 수가 없었다.

"허어, 단 하나라도 바깥 세상에 나간다면 말세가 시작될지도 모른다니? 내가 정녕 재대로 들은 게 맞는가?"

휘이익.

그의 불안감을 가중시키는 귀곡성 같은 바람 소리가 꺼져 버린 땅속으로부터 올라오고 있었다.

\*     \*     \*

웬만큼 담이 큰 사람이라도 숨을 헐떡이며 주저앉을 만큼 어둡고 음산한 공간. 짙고 축축한 습기가 가득 들어차 있다.

"지저분하군."

웬만한 환경에는 무신경한 강서린도 코를 찌르는 퀴퀴한

냄새에 미간을 슬쩍 모으며 짜증스레 중얼거렸다.

그런 찰나, 무합 사마르가 공작새처럼 우아한 포즈로 그의 옆자리에 내려섰다.

"으음, 어둡네요. 어디……."

그녀는 말과 함께 두 눈을 세게 감았다가 떴다.

그러자 벽안의 동공이 마치 올빼미의 눈처럼 커지며 옅은 푸른빛마저 흩뿌리기 시작했다.

그러나 그녀는 몇 번 주위를 훑어보다 이내 머리를 흔들었다.

"안개가 너무 짙어요. 그래도 사데크의 눈을 가릴 정도는 아닌데, 으음, 뭔가 이상해요."

"이상할 거 없다. 정상적인 안개가 아니니까."

"아… 그럼 이게 뭐죠?"

강서린은 고개를 갸우뚱하며 나름 귀여운 제스처로 되묻는 그녀의 모습에 과거의 어느 순간이 떠올라 피식 실소를 지었다.

'홋, 나한테 조언을 들었다고 하더니 그럴 만도 하군.'

지위를 가진 대부분의 사람들은 격식이나 체면 따위에 얽매여 쉬운 말도 돌려 하는 경우가 많았다.

그럴 때는 굳이 상대하지 않는다.

이유는 단순했다.

이해하고 말을 섞는다는 행위 자체가 귀찮았기 때문이다.

바꿔 말한다면 그도 사람인지라 지금처럼 솔직한 태도에는 사람답게 응대한다는 의미였다.

"전쟁터나 오래된 묘지에서 특정 조건이 갖춰지면 이런 현상이 벌어진다."

"네? 그럼 설마 이 물안개가 사람하고 관련이 있다는 건가요?"

"그래. 정확히 말하면 죽은 사람이다. 시체가 썩어 배출되는 물질들이 자연에 환원되지 않고 공중에 떠다닌다고 보면 된다. 독성이 강해서 멋모르고 머물다가는 죽을 수도 있지."

"......"

무합 사마르는 차마 입을 열지 못하고 인상만 썼다. 독성은 무섭지 않았지만 비위가 상하는 건 어쩔 수 없었다.

잠시 머뭇거리던 그녀는 보셰이에 손을 덧대며 우려 섞인 목소리를 흘려냈다.

"시야가 너무 좁아요. 방법이 없을까요?"

"외부 공기가 유입되도록 이곳을 통째로 들어내는 게 가장 확실하다."

"으음, 그건 너무……."

"하나 더 있다. 기화된 독성을 태우면 된다. 저렇게."

"아!"

입을 열다만 무합 사마르가 외마디 탄성을 터뜨렸다. 강서린의 말이 끝나기 무섭게 주위가 밝아지는 것이다.

그녀는 서둘러 고개를 돌렸고 하강 중인 커다란 광채를 목격할 수 있었다.

"딘 님!"

"허허, 어찌 성녀께서 늙은 마법사를 이리도 반기시는가?"

완전히 내려선 광채 안쪽으로 정중하면서도 귀족적인 목소리가 새어 나왔다. 그리고 거의 같은 순간, 쿵! 하는 충격음과 함께 일행의 지척으로 존 하우드 워릭이 떨어졌다.

무합 사마르는 광채 쪽으로 몇 걸음 가까이 가며 탄성했다.

"와우, 마법의 불꽃. 따뜻하긴 해도 뜨겁지는 않네요."

광채가 옅어지며 딘 로스차일드가 모습을 드러냈다.

그의 허연 수염에는 호감 어린 미소가 걸려 있었다. 그도 그럴 게 거대 종교의 수호자임에도 마법이란 이단적인 개념을 인정하고 존중하는 태도.

순전히 자신을 존중해서 나온 태도임을 잘 알기에 그 또한 '성녀'라 부르길 주저하지 않는 것이다.

"내게 할 말이 있는 것 같네만, 편히 말하시게나, 성녀여."

"호호, 네. 다른 건 아니고 딘 님께서 힘을 좀 써주셔야 할 것 같아요."

딘 로스차일드의 노안에 설핏한 이채가 올라왔다.

"흠! 역시 이 포이즌 스모그 때문에 그러시나?"

"네, 맞아요. 서린 님도 이 안개에 독성이 있다며 중화시키거나 태우는 게 가장 좋은 방법이라고 하셨어요."

"과연……. 지극히 옳은 말일세. 안 그래도 내려오면서 대기 중에 불순물이 가득한 걸 느꼈네. 그래서 불로써 보호막을 만들었지."

딘 로스차일드가 수염을 쓸어내리며 그녀의 말을 받았다.

그러나 느긋해 보이는 겉모습과 달리 그 속내는 상당히 심각해져 있었다.

'심상치 않구나. 이 지하 깊숙한 곳에서 도대체 무슨 일이 있었기에 이리도 지독한 포이즌 스모그가 들어찼단 말인가? 이건 단순히 시체를 쌓는다고 해서 생겨날 만한 수준이 아니다. 그보다 지독한 뭔가가 있어.'

그 또한 강서린처럼 이 안개의 정체에 대해서 꿰뚫어 보고 있었다. 때문에 굳이 그녀의 언질이 아니었어도 자신이 먼저 나서서 손써볼 심산이었다.

부웅!

태양의 현자가 떠올랐다. 그가 부양하자 그 아래의 물안
개가 세차게 흔들리며 아지랑이 쳤다.

때맞춰 기척이 들리지 않던 동방의 두 초인 또한 모습을
드러내는 중이었다. 성승이 홀연히 나타나 강서린의 옆에
섰고 곧이어 검치가 큰 숨을 토하며 착지했다.

그러나 그들은 주변을 살필 새도 없이 한쪽을 집중해서
보느라 여념이 없었다.

화르륵!

어둡고 축축했던 대기에 불꽃이 올라온다.

딘 로스차일드의 양손이 도공이 공에 하듯 타원을 그리
며 뭔가를 어루만지는 시늉을 했다. 그러면서 되뇌듯 시작
한 말은 잔잔하지만 힘 있게 모두의 귓전을 울렸다.

"흠! 불이란 쓰임에 따라 여러 결과를 야기하지. 그중에
서도 이 불은 모든 부정한 것을 태울지니 나 딘 로스차일드
가 이렇게 부름이다."

되뇌는 말이 끝나는 순간, 분명 사람의 언어지만 뭔가 다
르게 느껴지는 말소리가 짧고 강하게 이어졌다.

[홀리 아포칼립소.]

드디어 시작됐다.

자타가 공인하는 이 시대 최강의 마법사이자 궁극의 경지에 달한 불의 사역자가 그 능력을 선보이기 시작한 것이다.

스와악!

백열의 빛줄기가 사위를 밝히며 어둠과 물안개를 밀어내기 시작했다. 그러나 이 정도 선에서 끝났다면 모두가 조금 감탄하는 정도에서 그쳤을 것이다.

남궁관악이 헛숨과 함께 성승이 있는 쪽으로 입술을 달싹였다.

[헛! 마법이란 게 참으로 놀랍습니다. 저런 것이 가능하다니요. 만약 저런 걸로 공격하면 현존하는 어떤 무공으로도 방어하기가 요원할 듯합니다. 성승께서는 어찌 보십니까?]

[아미타불, 일장일단이 있지요. 다만 소승의 경험에 비추어 말씀드린다면 저 서방의 공부로는 우리 동방의 무공을 제압하기가 참으로 까다로울 겁니다.]

[저걸 보시고도 그렇게 생각하신다는 겁니까?]

[허허, 저분은 본디 특별한 경우지요. 무공 경지에 빗댄다면 다른 사람은 삼류 무인인데 저분만 홀로 화경에 올랐다고 보시면 될 겁니다.]

[흐음, 그리 말씀하시니 이해가 되기도 합니다만.]

삼류 무인과 화경에 오른 무인의 격차를 논한다면 아주 이해 못할 광경도 아니라는 소리였다.

이렇듯 동방을 대표하는 두 초인이 서로 전음까지 나눌 만큼 놀라운 광경.

놀랍게도 빛의 물결이 지나가자 딘 로스차일드의 벌어진 손바닥 사이로 커다란 광구가 떠오르고 있었다.

크기는 기껏해야 어른 머리만 한 정도에 불과했다. 그러나 그 타오르는 모습은 마치 백색으로 물든 태양을 연상케 했다.

게다가 더욱 놀라운 건 그저 밝기만 한 게 아니라 깨끗한 정화수가 구정물을 밀어내는 것처럼, 환경 그 자체가 뒤바뀌고 있다는 사실이었다.

그러면서 하나둘씩 드러나기 시작한 사위의 정경.

기실 일행 모두가 굳이 눈으로 보지 않아도 지형지물을 감지하고 읽을 만한 능력이 있었다.

그래서 주변에 뭔가 많은 것들이 있음은 인지하고 있었다.

다만 물안개가 워낙 짙어 정확한 모양새를 판별하지 못하고 있었을 뿐이다.

"허어! 저게 다 불상에 불탑이란 말인가?"

남궁관악이 적잖게 놀란 기색으로 주변을 향해 손가락질

했다.

그의 말처럼 수를 세기도 뭐할 만큼 엄청나게 많은 불상과 불탑들이 곳곳에 세워져 있었다.

"대단해요. 중국에서 발견되는 유적지들 규모가 매우 크다는 건 알고 있었지만 이 정도일 줄은 상상도 못했어요."

무합 사마르가 감탄사를 터뜨렸다. 벌써 웬만한 운동장의 넓이 이상까지 물안개가 밀려났는데 여전히 끝이 안 보였다.

하지만 그녀의 이런 탄성이 심한 불쾌감으로 뒤바뀌는데에는 그리 오랜 시간이 걸리지 않았다.

"이런! 이 넓은 곳에서 멀쩡한 게 하나도 없어요. 아무리 오래된 유적이라도 이건 말이 안 돼요. 누군가 고의로 훼손한 게 틀림없어요."

그녀의 목소리에는 진심 어린 분노가 스며들어 있었다. 종교는 달랐지만 같은 종교인 입장에서 이건 너무나도 참담한 광경이었다.

하물며 이 자리에는 평생을 불교에 귀의한 사람도 있었다.

"아미타불, 고얀지고……."

불호는 나직했으나 그 안에 깃든 노여움은 모두의 이목을 잡아끌기에 충분하다.

그도 그럴 게 이 왜소한 체구의 승녀야말로 일찍이 세계를 주유하며 수많은 유혈사태를 해결했던 동방 제일의 초인.

분노에 강해졌던 무합 사마르의 눈빛이 다른 의미에서 반짝이며 커졌다.

'역시 오길 잘했어. 어쩌면 오늘 서린 님의 무력뿐만 아니라 소문으로만 듣던 저분의 능력도 볼 수 있겠는걸.'

성승 합비는 가장 많은 초인들과 겨뤄본 인물로도 유명했다.

그러나 그보다 더욱 인상적인 건, 그가 초인과 겨루면서 단 한 번도 제대로 된 승패가 결정 난 적이 없다는 사실이었다.

십대 초인이라는 개념은 만들어진 이래 바뀐 적이 없으나, 그 구성원의 변동은 드문 일이 아니었다.

당장 십 년 전, 바이올렌스 파이터 우쿤이나 오 년 전 인형술사 밀랑드 펠라키오만 해도 누구도 부정하지 않는 초인의 일원이었다.

그러나 다른 강자에게 패하면서 그 자리를 내준 것이다.

물론 과거를 들여다보면 패배하여 초인 계보에서 떨어졌다가도 다시 십대 초인 중 한 명과 겨뤄 승리한다거나 복수전에 성공하여 본래의 자리로 돌아간 강자들 역시 없잖아 있었다.

하지만 성승 같은 초인은 단 한 명도 없었다.

이긴 적이 없는 초인이라니?

말이 안 되는 깃 같지만, 실제로 그가 초인이란 사실에 이견을 다는 세력은 아무 데도 없었다.

이유는 간단했다.

이 동방의 고승은 단 한 번도 패배하지 않았기 때문이다.

이기지도 않지만 지지도 않는다. 상대의 속성이나 특징, 무력의 높낮이와 상관없이 말이다.

한마디로 상대를 공격하기보다는 방어만 했다는 의미였다.

그럼에도 불구하고 성승과 겨뤘던 강자들 다수는 훗날 알아서 패배를 자인했다.

한두 사람이면 몰라도 모두가 그렇다는 건 이길 수 있는데도 봐줬다는 의미였으니까.

그리하여 어느 시점을 기준으로 막후 조직들은 초인 계보를 작성함에 이 동방의 초인을 하나같이 트리 탑에 올려놓길 주저하지 않았다.

물론 성승이 워낙 고령인 데다가 벌써 20년 가까이 소림사에 칩거 중이라 신생 초인 몇몇과는 인연 자체가 없었다.

무합 사마르의 경우는 신생 초인이라고 하기에는 뭐하지

만 마침 그녀가 활동을 시작할 즈음에는 간발의 차이로 성승이 칩거에 들어간 다음이었다.

사실 당시에는 스스로 초인이라 자부하는 많은 강자들이 성승을 찾아가 싸움을 걸거나 가르침을 청하는 경우가 다반사였다. 지신의 힘을 세상에 알릴 만한 기회가 많이 않은 탓이었다. 그렇다고 아무나 붙잡고 싸우기에는 위험 부담이 너무 컸다.

'강해진다'는 개념이 일정 수준 이상을 넘어가게 되면 서로 간의 충돌 한 번에 사지가 날아가고 목숨을 잃을 수도 있기 때문이다. 따라서 소속을 가진 초인들끼리의 충돌은 은연중에 금기시되고 있었다. 자칫 핵무기 급의 위상을 지닌 소중한 초인이 잘못될 수도 있는 탓이었다.

그런 의미에서 죽거나 불구가 되지 않고 자신의 능력을 마음껏 뽐내볼 수 있는 상대. 초인 등극을 위한 관문으로 이만한 상대가 없는 셈이었다.

과거 코란의 수호자 또한 다른 세력권처럼 무합 사마르의 초인 등극을 위해 성승과의 대전을 추진했었고 실제 그녀는 성승이 있다는 장소를 찾아가기까지 했었다.

하지만 성승은 이미 고국으로 돌아간 뒤였다.

'훗날을 기약하며 발길을 돌린 게 벌써 20년 가까이 됐네. 과연 저분은 어떤 능력을 보여주실까? 딘 님은 마법사

라 나이에 크게 구애받지 않지만 무공이란 기술은 그렇지 않다고 들었는데…….'

그녀 역시 상당한 경험을 갖추고 있었지만 동방의 무공에 대해서는 제대로 된 견식을 한 적이 없었다.

이에 비해 권역이 다른 두 명의 초인은 사정이 조금 달랐다.

과거 홀로 숱한 조직체를 상대했던 태양의 현자는 말할 것도 없었고 수십 년 동안 이단 심판을 통해 바티칸의 무력을 대변했던 단죄의 성기사 역시 여타의 초인들과는 비교 불허의 전적을 자랑하고 있었다.

때문에 이들 두 사람은 동방의 무공이란 개념에 대해서 비교적 잘 이해하고 있었다.

마법을 유지하느라 공중에 떠 있던 딘 로스차일드가 의미심장한 눈빛을 하며 존 하우드 워릭의 옆으로 내려왔다.

"흠, 워릭 경, 자네나 나나 여기까지 날아온 보람이 없지는 않을 것 같네. 오늘 잘하면 무공이란 능력의 한계치까지 견식할 수 있겠어."

"적이 약하다면 부질없지 않겠습니까."

침묵으로 일관하던 단죄의 성기사가 보일 듯 말 듯 고개를 끄덕이며 대답했다.

"아니야. 그렇지는 않을 걸세."

"그게 무슨 말입니까?"

"소드 마스터, 저 사람을 보게."

존 하우드 워릭은 양미간을 한차례 꿈틀대며 강서린이 있는 쪽으로 눈을 돌렸다.

팔짱을 낀 채 조용히 전방을 주시하는 소드 마스터.

별다를 게 없어 보였다.

그러나 그를 향한 존 하우드 워릭의 신경에는 묘한 위화감이 치솟았다.

"나는 저 사람을 만난 게 오늘이 처음이네만, 그동안 들은 바를 종합해보면 저리 서 있는 모습 자체도 특이하게 여겨질 지경이라네."

흠칫.

존 하우드 워릭의 육체가 한차례 크게 흔들렸다. 다시 들린 말소리에서 이 위화감의 정체를 깨달은 것이다.

"저자가 시간을 끈다고? 다른 사람도 아닌 저 무법자가?"

혼잣말 같았으나 지척에 있던 딘 로스차일드는 그 말 안에 담긴 감정까지 톡톡히 알아들었다.

'으음, 내 예상치를 훨씬 넘어서는구나. 설마······.'

그의 얼굴빛이 한층 가라앉았다. 이마 위로도 깊은 주름이 그어졌다.

그가 아는 단죄의 성기사는 겨우 말 몇 마디에 이런 반응을 보일 인물이 아니었다.

그렇다는 건 소드 마스터의 무력이 자신이 상상했던 기준을 훌쩍 넘어선다는 의미였다.

'으으음, 지켜보면 알게 되겠지.'

아직 속단하기에는 일렀다. 그러나 이제 곧 알게 될 것이다.

그가 구원자인지, 혹은 균형을 거스르는 파괴자인지를.

CHAPTER **09**
강력한 적

*Seorin's*
*Sword*

강서린은 군데군데 남아 있던 물안개가 완전히 사라질 때까지 단 한 발작도 움직이지 않았다. 전혀 그답지 않은 태도였다. 일단 전장에 선 그는 일절의 망설임도 없었다. 그게 개인이든 다수든 간에 언제나 지켜진 철칙이었다.

막후 세계의 조직체들이 소드 마스터를 마치 자연재해처럼 두려워하는 이유 중에는 이 같은 과단성도 한몫하고 있었다.

그런데 오늘은 사정이 좀 달랐다. 그리고 이 다른 사정으로 말미암아 전투에 앞선 브리핑이라는 매우 이례적인 상황까지 연출되고 있었다.

당연하지만 강서린은 상당히 저기압이었다. 시작하는 말투부터 귀찮다는 기색이 역력했다.

"천 년도 더 된 감옥이라고 들었소. 나중에는 천불총이라고 불렸고. 주도해서 만든 자들이 셋. 천존, 마존, 신녀라는 작자들로 인간이지만 신선과 별다른 게 없다고 하더이다."

강서린은 잠시 말을 멈추고 슬슬 짜증이 난다는 듯 인상을 찡그렸다.

"본론만 말하겠소. 대충 백 수십 년 전에 패쇄된 이곳을 아까 내 손에 죽은 놈이 들춰냈소."

"앵? 신선이라니? 하면 그놈이 여기서 신선이라도 만났다는 겐가?"

남궁관악이 황당하다는 얼굴로 대뜸 무릎을 치며 목청을 높였다.

"……."

강서린은 자신이 검을 쥔 이래 오늘이 가장 많이 참는 날이라고 속으로 중얼거렸다. 어쨌거나 자신도 필요하다고 여겨 데려온 상황이니 앞으로 몇 번 정도는 더 참을 수 있을 것 같았다.

'참는 자가 이기는 거라고 아버지는 말씀하셨지.'

강서린은 그렇게 생각하며 감정을 가라앉혔다. 그런데

그렇게 생각하다 보니 자신은 아버지의 말을 무지하게 안
듣는 문제아였던 것이 떠올라 버렸다.

'참자.'

쓸데없는 생각을 털어버린 듯 강하게 입속으로 중얼거린
강서린은 약간 가늘어진 눈빛으로 남궁관악을 보았다.

남궁관악은 다시 뭐라고 말을 하려다 강서린의 그런 눈
빛을 보고 입을 다물었다.

사실 그로서는 한시바삐 세가주들을 찾아야만 하는 입장
에서 갑자기 무협 소설에나 나올 법한 단어가 들리자 자신
도 모르게 목에 힘이 들어간 것이다.

하지만 직감적으로 강서린이 뭔가 중요한 내용을 말하고
있다는 걸 알 수 있었다.

"커험, 큼, 계속하시게."

강서린은 한차례 주먹을 쥐었다가 풀며 다시 입을 열었
다.

"간단히 말해서 이 안에 없애야 할 것들이 좀 있소."

"혹시 불상 같은 걸 말하시는 건가요?"

무합 사마르는 고개를 갸우뚱하며 물었다. 상당히 맹한
질문 같지만 그 안에는 작은 배려가 숨어 있었다.

'말하기 편하도록 해주는군.'

그녀의 배려를 느낀 강서린은 조금 풀린 얼굴로 슬쩍 고

개를 저었다. 그러고는 곧바로 머릿속에 있던 내용을 입 밖으로 내보냈다.

"아니오. 없애야 할 것들의 숫자는 총 스물아홉. 그중 두 개는 사람이고 나머지는 사람이 아니오."

"사람이 아니라면……. 그럼?"

"강시라고 하더군. 불사천강시라고 했던가? 흐음…….아무튼 그게 중요한 건 아니고, 쇠심줄처럼 질기다는 게 문제요."

모두들 크게 놀란 것처럼 동공이 커졌다. 강시라는 단어도 그랬지만 일검에 하늘도 벤다는 무적자가 쇠심줄이란 비유도 모자라 문제라고까지 하는데 놀라지 않을 수 없었다.

"좀 더 자세히 말해줄 수는 없는가?"

확인하듯 되묻는 딘 로스차일드를 보고 강서린은 순순히 수호자의 기억 중 일부를 설명했다. 그리고 기왕 말한 김에 수호자의 기억 일부도 인용해서 말했다.

모두가 심각한 얼굴로 그 설명을 들었다.

그러면서 무엇 때문에 강서린의 태도가 달라졌고 왜 자신들이 필요했는지도 깨달았다.

그러나 서로 간의 미묘한 눈빛 차이가 있었다.

특히 딘 로스차일드, 존 하우드 워릭, 무합 사마르. 이 서방의 초인 세 사람의 눈빛에는 이미 뭔가를 알고 있다가 수긍한 것 같은 이채가 떠오르고 있었다.

반면에 남궁관악과 합비는 조금은 반신반의하는 낯빛을 감추지 못했다.

강서린은 이런 태도의 차이점에 대해 인지하긴 했으나 곧바로 무시해 버렸다.

'들은 게 아주 없지는 않겠지.'

저들 정도의 강자가 움직이는데 숨은 이유가 없다면 그게 더 수상쩍었을 것이다.

강서린은 수호자의 심복인 공영 대장로가 이들에게 뭔가를 말해준 정도로만 짐작하고 넘어갔다. 그러면서 그는 이 정도 선에서 다른 모든 생각도 멈췄다.

"그럼 시작하겠소."

강서린은 선언하듯이 말했다. 그리고 일체의 망설임도 없이 어느 한 방향을 점해 쇄도해 들어갔다.

터틱, 턱턱턱!

그의 육체가 마치 한 마리 표범처럼 장애물들을 박찼다. 점점이 찍히는 검은 잔상을 보며 각자의 초인들은 자신만의 이동 수법으로 그 뒤를 따르기 시작했다.

잠시간 쉴 새 없이 이동했던 강서린은 정면의 풍경이 달라지자 가볍게 발길을 멈춰 세웠다.

그는 기세가 번뜩이는 눈으로 정면 좌우를 훑었다. 지척에 와서야 확실히 구분되는 건축물.

"후웁! 설마 했는데 절도 있긴 있었구먼."

남궁관악이 강한 호흡과 함께 경공을 멈추며 말했다.

불상과 불탑이 가득 들어찬 곳인데 절이 있다고 해서 이상할 건 없었다.

다만 이곳까지 오며 수백 개의 불상 불탑을 지나칠 동안 다른 건축물은 단 하나도 보지 못했기에 적이 놀란 내색을 드러내는 그였다.

"아미타불."

어느 틈엔가 도착한 합비가 불호와 함께 합장하는 모습을 보였다. 노구에도 불구하고 지극히 평온한 모습에 남궁관악은 슬쩍 고개를 내저었다.

'내 살아생전 저 양반을 넘어설 수 있으려나?'

세인들은 합비와 검치를 같은 반열에 놓지만 정작 검치 자신은 얼토당토않은 소리라 치부하고 있었다. 아무리 적게 잡아도 성승의 무공 경지는 화경의 끝자락. 어쩌면 현경에 달할지도 모른다는 게 그의 생각이었다.

그의 이런 상념을 지운 건 허공에서 날아온 서방의 초인 중에 한 사람이 동방 고유의 개념인 '진법'을 운운한 말소리였다.

"내 마법진을 공부하며 동방의 진법이란 것도 알아본 적이 있소. 이 진법이란 건 마법진처럼 평면형이 아니라 사물이나 지형지물을 이용한 입체적 형태더군. 날아오면서 보니까 이곳은 마치 예전에 알아본 진법처럼 몇 가지의 규칙성이 있어."

강서린이 듣기에는 쓸데없는 잡설이었지만, 원래 마법사란 모든 현상의 관찰자적 입장이었다. 한마디로 직업병에 가까운 분석이었고, 다른 사람들 입장에서는 흥미를 느끼기에 충분한 내용이기도 했다.

"그래서 여기가 다르군요. 중심부일까요?"

"그렇지. 마법진도 그렇고 진법도 그렇고 공통점은 중심점이 존재한다는 건데 성녀의 판단처럼 여기가 바로 중심점 같네."

"소승이 보기에는 만다라 같습니다."

조용히 합장을 하고 있던 합비가 차분한 신색으로 돌아서며 말했다.

"아! 만다라 말씀입니까? 흐음, 그렇군요."

딘 로스차일드는 합비의 말을 매우 쉽게 받아들이는 눈치였다. 이 작은 체구의 노승이 그저 무공만 강한 게 아니라 세상의 동화를 끌어낼 만큼 높은 수준의 '깨달은 자'임을 알고 있기 때문이었다.

"만다라라면 불교의 신들이 그려진 그림 말인가요?"

"허허, 나보다 성승께서 알려주시는 게 좀 더 정확할 걸세."

무합 사마르가 묻자 딘 로스차일드가 너털웃음을 지으며 성승 쪽으로 눈짓했다.

"아미타불, 만다라는 우주 법계(法界)의 온갖 덕을 망라한 진수(眞髓)를 그림으로 나타낸 불화(佛畵)입니다."

"아! 설명 감사드립니다. 저는 알라를 모시는 사제지만 다른 종교도 존중해야 한다는 입장이에요. 특히 불교는 그 깊이와 역사에 있어서 너무나도 놀라운 종교라고 여긴답니다."

"아미타불, 귀교에 참으로 좋은 분이 나셨습니다. 소승 또한 마음을 다해 귀교의 번창을 기원하겠습니다."

강서린은 슬슬 인내심에 한계가 오는 걸 느꼈다. 싸움을 앞두고 시덥잖은 대화 소리나 듣고 있으니 짜증이 안 날래야 안 날 수가 없었다.

'차라리 다 때려치우고 절대 마성인가 뭔가랑 붙어볼걸 그랬나?'

이런 욕구도 없잖아 있었지만 진심까지는 아니었다. 이번 일은 그로서도 조심스러울 만큼 변수가 많았다. 때문에 최소 수백, 혹은 수천의 인력을 상대할 때나 취했던 자세를 고수하는 셈이었다.

* * *

강서린은 직접적인 전투에 관해서는 단 한 번도 편을 만들어 행동한 적이 없었다. 홀로 움직이는 게 취향에 맞기도 했지만 딱히 힘이 부족한 적도 없었으니까. 그래서 주로 쓰는 전법이 '일거에 깨부순다' 였다.

일견 아주 단순한 생각에 불과하지만 하나의 전제가 뒷받침될 경우 가장 무서운 전법으로 돌변한다 해도 과언이 아니었다.

바로 무엇으로도 막을 수 없는 최강의 무력.

지금 강서린이 하고 있는 생각이었다.

쌀이 익어 밥이 된 다음에 하나도 남김없이 먹어 치운다.

강서린은 자신의 머릿속에서 이제 곧 먹어 치울 밥알의 숫자를 재차 가늠하고 있었다.

'한 놈은 평균 정도의 무인. 다른 한 놈은… 흐음, 특이한데? 보면 알겠지. 그건 그렇고 수호자 녀석… 뭐 이리 틀린 말이 많아?'

그는 슬쩍 미간을 모으며 날카로운 눈빛으로 전방을 훑었다. 살아 있다고 판단되는 적은 단 두 명. 그러나 실제 움직이는 적은 그보다 10배 이상 많았다. 그리고 이 점이 줄곧 그의 뇌리에 의문점으로 작용하고 있었다.

'수호자 녀석의 말대로라면 저 강시라는 것들이 벌써 덤비고도 남았을 텐데?'

지금 그의 뇌리에는 수호자가 당부했던 말들이 떠오르고 있었다.


불사천강시에 괜히 불사라는 단어가 붙은 게 아니야. 그나마 태양 아래에서는 일 할이라도 가능성이 있지만 어둠 속에서는 절대로 소멸되지 않는다고 알고 있어. 그래도 다행스러운 사실은 그런 이점만큼이나 커다란 제약도 존재한다는 거야. 살아생전에… 그러니까 모체가 된 인간이 강시가 되기 직전 자기 스스로에게 각인한 단 하나의 의지만을 수행한다는 거거든. 일단 강시가 되면 설령 삼신존 같은 고위 영격체라도 조종이 불가능해. 과거 삼신존은 무림의 가장 강한 고수 스물일곱을 속여 불사천강시로 만들었고 이들이 가진 의지는 천불총에 들어온 생명체를 제거하는 일이었어. 그러니까 반드시 공영이 보낸 사람들과 함께 행동했으면 좋겠어. 그들이 네가 목적을 완수하도록 시간을 끌어줄 거야.


강서린은 딱히 사람들을 위한다는 명목으로 이번 일에

나선 게 아니었다. 그렇다고 어설픈 결론은 딱 질색이었다. 일단 나섰으면 재대로 끝장을 본다. 지금까지 그런 마인드로 생활했고 또 무력을 휘두름에 있어서도 그래왔다.

다만 그 자신이 아무리 강하고 빨라도 결국은 한 공간의 일개인에 불과했다.

불사천강시도 문제지만 삼신존을 잊어서는 안 돼. 지상의 인간들은 육체나 영혼 둘 중 하나가 폐기되면 온전한 의지를 유지하지 못하게 돼. 죽는다는 거지. 하지만 고위 영적 생명체, 즉 삼신존 같은 존재는 달라. 그들은 육체가 소멸해도 영체만 멀쩡하면 의지에 아무런 영향을 받지 않아. 내가 과거 내 육체에 이들을 봉인한 것도 그런 연유거든. 일천무극지체를 처리하려면 무조건 이 봉인부터 깨야 하는데 그러면 되살아난 삼신존의 영체가 무슨 짓을 할지 몰라.

─내가 그딴 귀신 놀음에 당할 거라 여기나?

─물론 너는 괜찮겠지. 한데 다른 사람들은 아니야. 특히 불사천심기둥의 효과를 본 이 땅의 많은 무인들이 그들의 영향력 아래 놓일 거야.

─영향력?

─나도 잘은 몰라. 대략적인 추측만 가능하지. 저들이 불사천심기둥을 만든 목적이랄까…… 후우! 그래. 이렇게 비유하는

게 이해가 쉽겠다. 지금 너희의 세상에 커다란 자연 재해가 닥쳤다고 생각해봐. 살아남은 사람들……. 그러니까 권력자들은 어떻게 대처할까?

─신세계의 패권을 차지하기 위해 노력하겠지.

─옳지. 바로 그거야. 저들 삼신존이 만든 불사천심기둥도 그런 의미의 포석이라고 보면 돼.

─그렇군. 이해됐다.


결국 어떤 방식으로든 불사천심기둥이란 것에 야료가 섞여 있다는 말이었다. 수호자의 설명이 옳다면 그게 어떤 방식이든 까다로워진다.

그래서 내린 결론이 '일단 천불총에 진입하면 그 즉시 다른 모든 방해를 무시하고 목표를 완수한다' 였다.

단, 스물일곱이나 되는 강시들로 인해 예상치 못한 시간을 허비할지 몰랐다. 과거의 여느 때처럼 완전히 무시하고 치는 방법도 있긴 하나, 단 일 할이라도 발목이 잡힐 확률.

이 확률을 무시하기 위해 필요한 게 바로 일행이었다.

그런데 막상 천불총에 진입하자 진세를 이루고 있다는 천불천탑은 전부 훼손되어 있었고 즉시 공격해 들어올 줄 알았던 불사천강시란 것들은 코빼기도 보이지 않았다.

'저 안에 틀어박혀 말이지.'

강서린은 차가운 냉소를 머금었다.

잠깐이라 해도 쓸데없이 시간을 허비한 게 아니었다. 실상 죽지 않는 강시란 것들도 그의 발길을 멈추게 한 이유가 되지 못했다.

진정 그가 기다리는 것은 아주 강력한 힘의 덩어리!

이 때 무합 사마르의 말소리가 들려왔다.

"문이 열리네요. 진정한 적이 등장하는 걸까요?"

"흠! 진정한 적이라! 하긴 그게 아니라면 우리 세 사람이 여기까지 오지도 않았을 테지."

딘 로스차일드는 모호한 내용에 비해 확언에 가까운 어조로 고개를 끄덕였다. 이를 본 남궁관악의 두 눈에 설핏한 이채가 스쳐갔다.

'강 공이 불러서 온 게 아니었는가?'

그는 지금 들린 '우리 세 사람'이란 언급에서 묘한 암시를 느꼈다. 이들이 단순히 강서린의 지원 세력 정도로 알고 있던 그로서는 의아하지 않을 수 없는 말소리였다. 하지만 이어서 불거진 상황이 그의 신경을 온통 다른 쪽으로 쏠리게 만들었다.

그그긍!

사찰의 돌문이 굉음과 함께 활짝 밀려났다. 그리고 그 안에서 한 사람의 그림자가 뻗어 나왔다.

저벅, 저벅.

차분한 발걸음과 함께 천천히 가까워지는 유약한 인상의 젊은 사내.

상당한 미남이었지만 병색이 완연한 게 흠이었다.

남궁관악이 대경한 얼굴로 손가락을 쳐들었다.

"네 녀석이 어찌 거기서?"

"오랜만입니다, 어르신."

사내가 미소를 지으며 인사했다. 남궁관악의 두 눈이 어처구니없다는 듯 커졌다.

"재미있군. 아는 자인가?"

강서린이 담담하게 물었다. 그러자 남궁관악의 눈썹이 지렁이처럼 꿈틀거리며 내려갔다.

"맹주의 둘째 아들인 북궁지윤이라는 녀석일세. 본가 가주의 여식과도 절친한 사이었지. 한두 해 전에 지병이 심해져 외국의 큰 병원으로 갔다고 들었네만, 여기서 볼 줄은 꿈에도 몰랐구면."

무심했던 강서린의 두 눈에 번뜩이는 이채가 스쳐갔다.

"과연 그렇게 된 거군."

살아 있는 파동 중 하나의 정체를 알게 되자 그는 즉시 수호자의 기억에 치명적인 오류가 있음을 깨달았다. 자유로운 의식의 그는 한번 판단이 서자 수호자가 주입했던 관점을 완전히 뒤바꿔 생각했다.

'열린 게 아니라 열어준 거였나.'

수호자는 오련맹 맹주란 자가 그저 운 좋게 천불총의 덕을 봤다고 여겼다. 그런데 그게 수호자의 잘못된 현실감각에서 나온 오판이라면? 이렇게 따지자 어느 정도 아귀가 들어맞았다. 그러나 이런 생각은 아주 잠깐에 불과했다. 마음이 움직이면 몸이 저절로 반응한다. 강서린의 경지가 바로 그랬다. 특히 적이라 결론 내린 존재가 눈앞에 있으면 더더욱 반응이 빨랐다.

강서린은 즉시 검병을 꺼내 쥐었다. 동시에 힘을 끌어올리며 발끝에 힘을 줬다.

"타핫!"

일검이면 상대와의 간격을 좁히는 데 충분하고도 남을 시간이다.

검을 휘두르는 순간, 이미 그의 육체는 북궁지윤의 머리 위에 도달해 있었다.

머리부터 단숨에 쪼개버린다!

그러나 그의 생각과는 달리 상대의 몸뚱이는 마치 바람에 밀려난 깃털처럼 옆으로 빠져나갔다.

콰콰콰쾅!

쏟아진 검력으로 땅 덩어리가 진동하고 돌 조각이 터져

올랐다.

강서린은 자신에게 쇄도한 돌 조각을 툭 쳐내면서 슬쩍 입매를 뒤틀었다.

"제법이다."

북궁지윤은 피투성이가 된 얼굴 반쪽을 감싸며 악귀처럼 얼굴을 일그러뜨렸다.

"크으으! 감히!"

북궁지윤은 분명히 피했는데도 신체의 절반 가까이가 너덜거렸다.

한쪽 고막에서는 피가 줄줄 흘러내렸고 같은 쪽 눈도 제 구실을 하기 힘들어 보였다.

이런 북궁지윤의 처참한 몰골에 딘 로스차일드는 참을 수 없다는 듯 감탄사를 내질렀다.

"과연! 듣던 대로 대단하다! 검이 일으킨 풍압만으로도 저런 파괴력을 만들다니!"

실로 세계 최강이라는 수식어가 아깝지 않은 수준.

다음 순간, 이런 일행의 생각을 다른 쪽으로 돌린 건 문득 올라간 무합 사마르의 손가락이었다.

"저 사람 뭔가 심상치 않아요. 몸이 저 지경이 됐는데도 절망적이거나 고통스러워하는 눈이 아니에요."

그녀의 말소리에 남궁관악의 노안이 번뜩 정신이 든 것

처럼 치켜 올라갔다.

'이런! 한발 늦고 말았구나. 그건 그렇고 아비나 자식이
나 어찌 사람이 저리도 달라졌단 말인가?'

남궁관악은 고개를 절레절레 내저었다. 그가 기억하는
북궁지윤은 주먹 한 번 휘두를 힘도 없어보이던 병약한 샌
님이었다. 저렇게 변해 버린 모습 자체가 납득이 되지 않는
것이다. 하지만 이런 의아심도 아주 잠시뿐이었다.

'강 공의 검에 두 번의 자비란 없지. 놈이 지 아비처럼 괴
이하게 강해졌다고 해도 강 공 앞에서는 부질없는 발악일
터.'

첫 번째 검은 운 좋게 피했을지 몰라도 두 번째는 반드시
죽는다. 이렇게 생각한 남궁관악은 서둘러 무릎에 힘을 줬
다. 오대 세가의 혈족이 다른 사람의 손에 죽는 것도 달갑
지 않았지만 그보다는 더욱 중요한 이유가 있었다.

터덕!

한 번의 도약으로 강서린의 지척에 다다른 남궁관악은
짐짓 황급해진 표정으로 고개를 돌렸다.

"내게 맡겨주지 않겠는가? 위험천만한 맹주는 그렇다손
쳐도 저 녀석은 다르지 않은가?"

에둘러 말했지만 잡아서 심문을 하겠다는 태도였다.

아이러니한 상황이다.

원칙대로라면 세가 연합의 반도를 처리하는 일에 연합의 초인인 그가 이런 식의 양해를 구할 필요가 전혀 없었다.

다만 먼저 손을 쓴 사람이 강서린이었고 그가 원칙을 지키거나 타인을 배려하는 성격이 아님을 잘 알기에 이렇게 나온 것이다.

어쨌든 최고 원흉인 맹주까지 죽은 마당이라 이번 일의 전모를 밝히려면 북궁지윤의 신변을 반드시 확보할 필요성이 있었다.

그렇기에 남궁관악은 한 사람의 무인이 아닌, 세가 연합을 대변하는 차원에서 재차 양해를 구했다.

"그래주겠는가?"

"소용없다."

단정 짓듯 짧은 어조가 강서린의 입 밖으로 흘러나왔다.

"허어? 그게 무슨 말인가?"

남궁관악이 이해하기 어렵다는 듯 반문했다. 그로서는 뜬금없게 들릴 수밖에 없으리라.

"저놈은 맹주란 자의 아들이 아니다."

"……!"

너무 뜻밖의 말을 들으면 말이 안 나올 때가 있다. 지금 남궁관악의 표정이 그랬다. 그도 그럴 게 자신이 알아본 북궁지윤의 정체를 생판 남인 강서린이 아니라고 한다. 그러니 의아함을 넘어 황당할 지경이었다. 만약 이어진 순간에 고저 없는 중얼거림이 들리지 않았다면 참지 못하고 인상을 썼을 남궁관악이었다.

"사람이 아니라고 하더니 별짓 다하는군. 짜증나지만 상황을 봐가면서 처리할 수밖에."

담담한 것 같으면서도 말속에 깔린 살기가 남궁관악의 가슴을 찔렀다.

한낱 북궁가의 애송이를 상대로 행동을 자제한다? 이 최강자가? 이 또한 말이 안 되는 상황이었고 분명 무언가 다른 게 있는 것 같았다.

남궁관악은 깊게 좁아진 눈으로 성큼 앞으로 가며 북궁지윤의 얼굴을 응시했다. 핏물에 절은 채 말없이 서 있는 몰골. 직전의 태연한 모습과는 완전히 달라져 있었지만 생김새를 못 알아볼 정도는 아니었다.

'맹주의 둘째 아들이 맞다. 하면, 얼굴도 모르는 강 공은 왜 아니라는 게지? 사람이 아니라는 말은 또 무엇이고?'

남궁관악은 이런 생각 속에 조심히 강서린의 눈치를 살폈다.

확실히 과거에 봤을 때와 성격부터 달라진 것 같았지만 광기를 불사르던 맹주를 생각하면 아주 이해 못할 변화가 아니었다.

그렇다고 이런 생각을 말하며 답을 요구하기에는 강서린의 표정이 썩 좋지 않았다.

그나마 다행이라면 곧장 검을 휘두를 것 같지는 않다는 정도.

남궁관악은 한 발자국 더 앞으로 나섰다. 그는 강서린처럼 다짜고짜 검을 들기보다 원래 하려고 했던 대로 뒷짐을 진 채 존장의 위엄을 보였다.

"내게 오랜만이라고 했느냐? 하면 내가 누군지도 알고 있으렸다."

"크크큭, 참으로 하찮은 아해로다. 너는 내가 누군지 아느냐? 크크크큭!"

북궁지윤의 어깨가 비웃음과 광기로 인해 들썩거렸다. 적대적 관계를 떠나 세가 연합, 나아가 중국 무림계를 통틀어 검치란 외호가 가진 무게를 감안할 때 제대로 된 정신이 박혀 있다면 절대로 나올 수 없는 태도였다.

하물며 아해라니?

노인이 나이 어린 소동을 상대할 때나 쓰는 단어가 아닌가?

남궁관악의 나이 올해로 69세.

귀가 순리대로 들린다는 이순의 끝자락에 닿아 있었다.

그렇지만 그는 도저히 순리대로 들을 수가 없었다.

얼마나 화가 났는지 어지간하면 밝히지 않으려고 했던 사실까지도 목구멍을 비집고 올라왔다.

"놈! 미쳐도 단단히 미친 게로구나! 하면 알고는 있느냐? 네놈의 아비는 이미 이 세상 사람이 아니라는 것을!"

남궁관악은 단번에 노호성을 터뜨렸다.

사실 자식 앞에서 아비의 죽음을 밝힌다는 건 한 세가의 큰 어른 된 입장에서 해서는 안 될 행동이었다.

때문에 막상 입에 담자 착잡한 심정 역시 커지는 와중이었다.

하지만 다음에 들린 북궁지윤의 음소는 이런 남궁관악의 심정을 뒤바꾸기에 충분하고 남을 정도였다.

"으흐흐흐, 사실 그건 좀 의외였느니라. 하등한 인간이라고 해도 신의 은총을 받았건만 그리 쉽게 죽어버리다니 말이다."

"뭣이? 네 녀석이 지금 무슨 말은 하는 게냐?"

정녕 제정신이 아니다. 그렇지 않으면 아비의 죽음을 듣고 마치 자식이 아닌 것처럼 헛소리를 지껄이는 게 어디 가당키나 한 일인가?

아니, 그 이상의 뭔가가 있었다.

그제야 남궁관악은 앞서 강서린이 했던 말들을 다시 떠올렸다.

'맹주의 아들이 아니라고?'

그렇다면 아귀가 들어맞았다. 그러나 또 다른 의구심이
치솟았다.

'하면 저 녀석은 누구란 말인가?'

CHAPTER **10**
천마체와 최강자

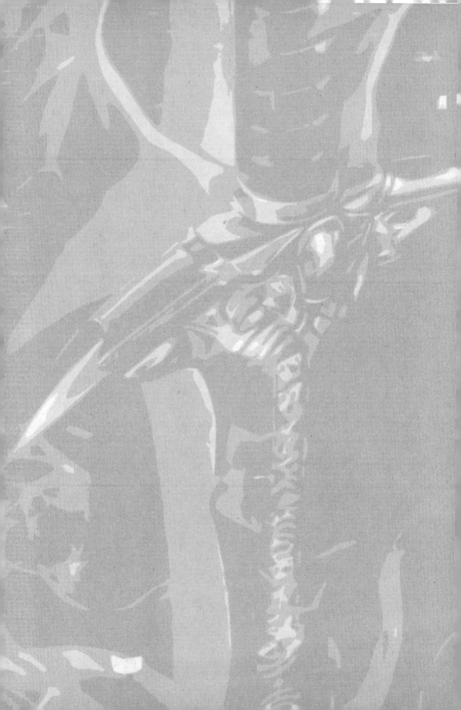

"맹주는 시간 벌기용이었나?"

강서린은 팔짱을 풀면서 넌지시 질문을 던졌다.

그러자 북궁지윤이 흠칫거리며 한 걸음 물러섰다.

앞서 워낙 심하게 당한 터라 자신도 모르게 반사적인 회피 동작을 취한 셈이었다.

자존심이 상했는지 좀 더 심하게 일그러진 얼굴로 북궁지윤이 대답했다.

"큭! 그렇기도 하고 아니기도 하다. 맹주는 제물을 데려오기 위해 본좌가 점지한 인도자니까."

"제물?"

"말해주마. 바로 네놈들이다. 본좌가 하려는 일에 피의 제물이 필요하지."

강서린은 알았다는 듯이 고개를 끄덕였다.

"어쩐지 황제 어쩌고 하더니 귀신 들려서 그랬단 거군. 이해됐다."

"귀신이라고! 크으! 본좌를 모욕하다니!"

"그건 그렇고 아직 멀었나?"

말끝이 올라감과 동시에 강서린의 동공으로 유형화된 안광이 떠올랐다. 동시에 강렬한 기세가 사찰 안쪽으로 파고들었다. 어둠만 깃들어 있는 열린 문 너머의 어느 곳으로.

그러자 북궁지윤의 안면 위로 넘실거리던 광기 대신 다른 무언가가 치솟았다.

"껍데기만 남은 지상의 인간이 개화하지 않은 천마의 기운을 느끼고 있었는가? 실로 놀랍도다. 너만큼은 과거의 진정한 천하제일인들과 견주어도 가히 떨어지지 않을 것 같구나."

반신이 망가진 후에 내보이던 지독한 광기 대신 마치 영혼이 바뀐 것처럼 차분하면서도 기묘한 위압감이 북궁지윤을 중심으로 뻗어 나왔다. 또한 이어진 말에도 강한 무게감이 담겨 있었다.

"참으로 아쉬워. 네 패도적인 기질은 하늘과 땅보다 마에 가깝다. 본좌를 먼저 만났다면 진정한 절대자가 되었을 터인즉."

문제는 상대의 돌변한 기질 만큼이나 강서린의 인내심도 한계에 달했다는 사실이다.

"내가 그따위 개소리를 들으려고 가만있는 것으로 보이나?"

더 이상 참을 수 없다.

기어코 강서린의 눈빛이 변했다. 가슴 속에서 뜨거운 무엇인가가 분출되어 전신으로 퍼져갔다.

강서린은 내렸던 왼손에 힘을 주며 꾹 하고 들어 올렸다.

빠지직!

대기에 방전이 일며 검병을 타고 빛나는 기검이 솟아올랐다.

이야말로 번개검! 세상에서 가장 파괴적인 속성을 띤 투기의 집합체였다.

강서린이 드디어 이번 일에 재단하고 있던 불확실성을 따지지 않고 전신의 힘을 개방한 것이다.

스확!

단단하던 지하의 암반 표면이 그의 발을 중심으로 잘게 부서지며 비산하기 시작했다.

"여기서 끝낸다."

강서린은 일체의 고저 없는 단호함으로 그렇게 입속에서 중얼거렸다.

굳게 닫힌 입술 때문에 소리가 밖으로 새이 나오지는 않았지만, 그 의지는 그대로 섞여 지하의 거대한 공간 전부를 장악해 나갔다.

그와 동시에 강서린의 감각 영역이 급속도로 결집하기 시작했다. 자신을 기다리게 만들었던 또 다른 생명체의 움직임이 손으로 만지는 것처럼 생생하게 느껴진다.

그리고 이 움직임에 호응하듯 승리의 포효 소리 같은 웃음소리가 터지며 귓전을 시끄럽게 만들었다.

"와하하하! 이미 늦었도다! 지금 이 순간! 마존의 뜻을 대행할 새로운 천마가 깨어났느니!"

늦었다고? 강서린은 스스로에게 물었다.

아니!

어디선가 대답이 들려왔다.

그와 동시에 그의 번개검이 진정 하늘에서 떨어지는 번개처럼 번쩍! 하더니 긴 지그재그 형태의 잔상을 남겼다.

퍽!

북궁지윤은 자신의 가슴 부근에서 돌연 이런 소성이 터진 걸 들었다.

그는 엉겁결에 고개를 내렸다.

시커멓게 그을린 둥근 자국이 보였다. 다행히 피 한 방울 흘리지 않았다.

이를 확인한 북궁지윤의 낯빛에는 안심하는 기색이 어렸다.

그런데 다시 보니 뭔가가 이상했다. 갑자기 휑한 느낌이 드는 것이다.

본능적으로 그의 손이 가슴 부근을 눌렀다.

쑤욱!

마치 어린애 장난처럼 손가락이 너무도 쉽게 가슴을 뚫고 들어갔다. 환희로 충만했던 북궁지윤의 눈 주위가 사정없이 흔들렸다.

몸뚱이의 반신이 엉망이 됐을 때도 분노를 터뜨리긴 했지만 고통이나 절망 같은 감정은 이상하다 싶을 정도로 드러내지 않은 그였다.

그런데 지금 드러나는 반응은 달랐다.

"으어억! 아, 안 돼! 본좌의 심장이! 생명의 기운이 사라져 간다!"

아사 직전의 환자가 마지막 남은 양식마저 뺏긴 채 발광하는 몰골이랄까.

가슴 주위가 타버렸기에 핏물도 없었고 신경의 감각 전

달도 느렸다. 그렇지만 하나는 확실했다. 더 이상 그의 몸에는 심장이 존재하지 않았다.

한마디로 이미 죽은 목숨이었다.

그럼에도 불구하고 여전히 입술을 놀리는 게 조금 우스워 보이는 강서린이었다.

'좀비가 따로 없군.'

"으으! 드디어 천마체로 부활할 수 있었건만! 이이! 이놈! 네 이놈!!"

무척이나 억울한 듯했다.

그도 그럴 게 사실 지금의 그는 심장만 다치지 않으면 어떤 치명상을 입어도 자체 회복이 가능했다.

심지어 본래의 육체를 버리고 다른 육체를 차지하는 '몸 갈아타기'란 사기적인 술법을 현실화시킬 수도 있었다.

이는 지금의 그가 본래의 북궁지윤이 아니라 인간의 탈을 쓴 신적인 존재였기 때문이다.

상고의 시대부터 동방을 지배해온 삼신존의 일원.

그러나 신적인 존재라고 해도 무에서 유를 창조하는 진정한 의미에서의 신은 아니었다.

상상을 초월하는 술법을 부릴 수 있지만 인과율의 인과 교환 법칙에 따라 그 대가를 지불해야 하는 것이다.

특히 '부활', '회복', '몸 갈아타기'와 관련해서는 반드시 하나의 전제가 뒷받침되어야만 했다.

바로 선천지기였다.

선천지기는 생명의 뼈대를 이루는 힘.

후천적으로는 연공할 수 없으며 오직 생명이 태어나는 순간에만 주어지는 가장 순수한 기운이었다.

그리고 이런 선천지기는 대부분이 심장에 머물러 있었다.

예컨대 심장은 선천지기를 담은 풍선이었다. 그런데 그런 풍선이 흔적도 없이 사라졌다.

선천지기가 사라진 육체.

이제 북궁지윤의 육체는 '그'의 감옥이 되었다.

이런 내용은 모른다고 해도 읽히는 파동을 통해 상대가 완전히 무력화됐음을 읽을 수 있는 강서린이었다.

"천마 어쩌고 하는 거 보니 네 녀석이 마존인가?"

생기를 잃어버린 북궁지윤의 동공이 회백색으로 변하면서 올라갔다.

"크으으! 그렇구나. 네놈은 하늘과 땅이 보낸 정인 따위가 아니었어! 그자! 그자가 보냈느냐? 그렇겠지! 그자가 아니면 어찌 신의 현신도 받지 못한 인간이 이런 힘을 부리겠는가!"

최후의 생기를 소진했는지 동공에서 흐릿해져가던 검은

자가 완전히 자취를 감추었다. 목소리도 급격히 흐려졌다.

"크으으, 언제고 다시 살아나 복수하리라. 본좌는 마중마. 마의 하늘을 지배하는 마존이니라……."

씹어 먹을 듯 쥐어짜는 중얼거림과 함께 북궁지윤의 몸뚱이가 차디찬 돌바닥 위로 쓰러졌다.

털썩!

강서린은 방금 전 들었던 '그자' 라는 소리에 약간 의아한 감정이 들었다. 그렇지만 느낌만 그럴 뿐, 앞뒤 정황상 답은 하나였다.

'수호자를 말한 거겠지.'

엄밀히 따지면 수호자가 보낸 게 아니지만, 그 비슷해진 상황이기에 이 정도로 결론짓고 넘어갔다.

한편, 적이 쓰러지자 나머지 일행들이 앞으로 달려왔다. 특히 딘 로스차일드는 매우 상기된 얼굴로 서자마자 북궁지윤을 지목했다.

"아무래도 정상적인 사람이 아닌 것 같소. 그리고 이자가 하던 말에 부활이란 단어가 섞인 것 같던데……."

"저도 그렇게 들었어요."

딘 로스차일드의 흐려지는 말끝을 무합 사마르가 맞장구를 치며 붙잡았다.

이들은 북궁지윤의 뒷말까지는 듣지 못했다. 지척이 아

니면 듣기 어려울 만큼 작았기 때문이다.

다음 순간, 바위와 같이 묵직한 태도로 일관했던 존 하우드 워릭의 턱이 한차례 크게 들썩거리며 내려갔다.

"부활이라니! 우주만물 가운데 부활이 허락되신 분은 오직 살아계신 주님뿐이거늘!"

"……."

누구를 향한 분노인가? 딱히 대상이 있는 게 아니라 듣기 거북하다는 의사표현이라고 봐야 했다.

그러나 그로써는 불행히도 지금 이 자리에는 남의 견해나 입장 따위는 일체의 신경도 쓰지 않는 사람이 있었다.

"아까 알려줬던 삼신존이란 것들 중 마존이라는 놈이다. 저놈의 몸을 차지하고 있지만 본래는 실체가 없는 존재라고 하더군. 고위 영격체라고 했던가? 아마 그랬을 거다."

"고위 영격체! 허억! 그게 정말이오?"

딘 로스차일드는 지금까지와는 비교도 안 될 만큼 크게 경악했다. 설마하니 소드 마스터의 입에서 고위 영격체란 언급을 듣게 될 줄은 상상도 못했던 것이다.

강서린은 당장에라도 자신을 붙잡을 것처럼 펄쩍 뛰는 딘 로스차일드의 호들갑에 약간 인상을 쓰며 대답했다.

"궁금하면 직접 물어보든가."

"후우! 이자의 몸에 정녕 고위 영격체가 깃들어 있었다면 이대로 죽일 게 아니었소."

딘 로스차일드는 크게 실망한 얼굴을 하며 한숨을 내쉬었다. 그는 강서린의 말을 설명해주기 싫다는 의미로 받아들인 것이다. 이미 죽은 사람을 붙잡고 무슨 해답을 구한단 말인가?

"어? 이럴 수가! 아직 죽지 않았어요!"

"아니? 그게 정말이오?"

"보세요. 미약하긴 하지만 조금씩 움직이고 있어요."

무합 사마르는 놀란 얼굴로 시체를 가리켰고 과연 기복이 없어야 할 시체에서 자세히 보지 않으면 놓치기 쉬운 미약한 움찔거림이 발견됐다.

딘 로스차일드는 한 호흡에 북궁지윤의 시체 앞으로 달려갔고 곧바로 손을 내밀었다.

'기이하다. 고위 영격체라 해도 숙주가 죽으면 아무런 힘도 발휘하지 못할 텐데……'

이미 싸늘해진 시체가 분명했다. 그런데 희한하게도 분명한 떨림이 느껴졌다.

"허어, 이건 사후강직이 아니오?"

"시간이 너무 일러요. 저희 코란의 수호자는 중동 지역의 평화를 위해 전쟁터라도 마다하지 않고 순례를 돌곤 해요. 그러면서 많은 시체를 접하죠. 사람이나 환경 따라 차이가 있지만 사후강직은 아무리 빨라도 서너 시간이 지나야 시작돼요."

"흠! 그렇구려."

남궁관악이 쉽게 수긍하며 고개를 끄덕였다.

그도 경륜이 짧지는 않았지만 죽은 시체와는 거리가 먼 탓이었다.

게다가 강서린의 말처럼 뭔가 다른 존재가 몸을 차지해 운 좋게 살아 있다고 해도 어차피 살아서 데려가기는 틀린 마당이었다.

때문에 더 이상 북궁지윤에게 신경을 쏟기보다 납치된 세가주들 쪽으로 심력이 옮겨가고 있었다.

반면에 딘 로스차일드의 입장은 달랐다.

그는 태양신이란 고위 영격체의 숙주였고 자신의 상태를 헤아리기 위해 오랜 세월 지식을 탐문해 왔다.

그런 그에게 또 다른 고위 영격체의 등장은 절대로 그냥 넘길 사안이 아니었다.

그는 손이 더럽혀지는 걸 감수하고 시체를 뒤집었다.

하지만 시체의 앞모습은 뒷모습보다 훨씬 처참했다.

반쪽은 말할 것도 없었고 얼굴의 태반이 깨져 있었으며 심장 부근은 뻥 뚫린 채 그을음이 가득했다.

이 처참한 모습에 애초에 살아 있다고 소리친 무합 사마

르조차 입가에 손을 대고 의아한 눈빛을 감추지 못할 정도
였다.

딘 로스차일드는 심유함이 일렁이는 눈빛으로 시체의 전
반을 훑어보았다.

'그래, 느껴진다. 이 망가진 육체 속에 아직 뭔가가 남아
있다.'

고위 영격체가 숙주 바깥으로 벗어나지 못하는 건, 그 존
재를 유지하는 데 특별한 '호흡'의 조건이 갖춰져야 하기
때문이다.

마법사의 지식으로는 마나, 동방에서는 기라고 불리는
개념이 바로 이 조건의 구성요소였다.

즉, 사람은 공기를 흡입하지만 고위 영격체는 마나를 흡
입한다.

아니, 정확히 말하면 마나의 밀도가 높은 곳에서만 그 존
재를 유지할 수 있었다.

따라서 고위 영격체의 숙주가 되었다고 해서 마나 그 자
체가 소진되는 건 아니었다.

일행 중 유일하게 이런 지식을 품고 있던 딘 로스차일드
는 늦지 않았기를 바라며 서둘러 나머지 한 손으로 적당량
의 마나를 집약시켰다.

주문을 거치지 않은 순수한 마나가 그의 손을 타고 흘러

나왔다.

겉보기에는 아무런 현상도 일어나지 않았기에 일행 중 누구도 그가 마나를 뽑는 걸 알아차리지 못했다.

오직 단 한 사람.

파동을 읽을 수 있는 강서린만이 딘 로스차일드의 행위를 놓치지 않았다.

'쓸데없는 짓을 하는군.'

곧바로 저지하지 않은 이유는 간단했다.

첫 번째 검을 휘두른 직후 이 마존이란 존재가 손상된 육체를 재생시킬 수 있다는 사실을 파악했다. 재생이나 회복에 관한 특유의 파동이 상처 부위 전반에 걸쳐 감지됐기 때문이다.

과거 강서린은 이런 식의 파동을 뽑은 자들을 몇 번 상대한 적이 있었다.

차이가 있다면 이 파동의 뒤에 숨은 또 다른 파동의 존재였다.

첫 번째 일격 이후 강서린은 북궁지윤의 신체 속에 숨어 있던 마존의 파동을 느꼈다.

한마디로 육체는 꼭두각시에 불과했다.

또 수호자의 설명과 매치한다면 육체를 파괴한다 해도 그 안에 숨은 적까지 처리하긴 힘들 것 같았다.

그래서 잠시 검을 거둔 것이다.

꼭두각시라곤 하나 눈에 보이지 않는 적보다 눈에 보이는 적이 상대하기 수월하니까.

그런데 갑자기 적의 육체 속에 숨어 있던 또 다른 파동이 완벽하게 눈에 들어왔다. 그 움직임이 손에 잡힐 것처럼 읽혔다.

이 파동은 육체의 심장에서 생명체들이 가지는 가장 근원적인 파동을 빨아먹고 있었다.

강서린은 심장이 사라진다면 이 기생충 같은 파동도 힘을 잃으리란 사실을 깨달았다.

그래서 심장을 일순간에 태워 버렸다. 일체의 다른 구멍을 파놓지 못하도록.

그리고 지금은?

솔직히 강서린 자신도 이게 가능하리라고는 생각해 본적도 없었다.

파동은 특정 물질이 아닌 무형의 공기와도 같은 개념이다. 무공이나 마법처럼 특정 파동이 뭉치는 힘을 상대할 때도 '와해'를 시킨다는 개념이지, 그 안의 파동 자체가 소멸하는 건 아니었다.

그런데 조금 전에 그게 가능했다. 상대의 심장에 응집 되어 있던 파동이 그 부피만큼 소멸되어 버렸다.

검력으로 심장을 꿰뚫는 순간 그는 자연스럽게 이런 사실을 감지할 수 있었다.

'나는 영혼 같은 무형의 존재도 죽일 수 있는 거였군.'

강서린은 자신의 검병을 보며 피식 하고 웃었다.

'하늘조차 어쩌지 못한 검이라는 건가? 과연 나는 내 힘을 과소평가하고 있었는지도 모르겠군.'

강서린은 있는 힘껏 손가락을 쥐었다가 폈다.

꾸욱!

이제 거슬리는 사실이 없어졌다.

유령이든 귀신이든 진짜 신이든 거슬리는 대로 베어버린다!

지금의 강서린에게 있어서 복잡했던 모든 상념은 저만치 사라지고 있었다.

＊　　　＊　　　＊

딘 로스차일드는 북궁지윤이 살아나길 기대하고 마나를 주입한 게 아니었다.

다만, 그 안에 있는 고위 영격체를 통해 단 한 마디라도 해답을 찾길 기대하는 것이다.

인간이 알 수 없는 비밀스런 지식.

단 한 글자의 근원적인 지식을 얻기 위해 자신의 생명마저 바칠 수 있는 족속이 바로 마법사였다.

그런데 이런 기대는 혼자서 원한다고 이루어지는 게 아니었다.

딘 로스차일드의 실수는 이런 기본적인 인과 교환의 법칙을 간과했다는 데에 있었다.

후둑, 후두둑!

마치 뼈가 맞물리는 것 같은 소음이 터지더니 딘 로스차일드의 안면 위로 지렁이 같은 핏줄이 돋아났다.

"크어억!"

커다란 신음성과 함께 늙은 마법사의 허리가 활시위처럼 팽팽하게 펴졌다.

그런 그의 손목을 시퍼렇게 변한 북궁지윤의 손아귀가 붙잡고 있었다.

"갈!"

호통 소리가 울리더니 '퍽!' 하는 소리가 뒤이어 터졌다.

"커헉!"

창백해진 안색의 딘 로스차일드가 큰 숨을 토해내며 비칠비칠 뒷걸음질 쳤다.

그 앞으로는 성승의 짧은 단구가 환상처럼 등장해 있었다.

"아미타불, 괜찮으십니까?"

"헉헉! 고, 고맙습니다."

숨을 헐떡이며 손목을 붙잡고 있는 딘 로스차일드를 급히 다가온 무합 사마르가 부축했다.

"딘 님, 이게 무슨……?"

"으으음, 내 너무 경솔했어. 설마 몸이 저 지경인 상태에서 이런 짓이 가능할 줄이야……."

"네? 경솔하셨다니요?"

굳은 얼굴의 딘 로스차일드가 재차 입을 열려고 할 때 모두의 눈을 의심케 하는 말도 안 되는 광경이 벌어졌다.

심장이 뚫려 있는 시체.

만에 하나 시체가 아니라고 해도 자력으로는 절대 움직이지 못할 북궁지윤의 육체가 기괴한 소음을 토해내며 일어서고 있었다.

우둑우둑… 우뚝!

"크카카카! 참으로 어리석도다! 잠시나마 살 수 있는 기회를 스스로 걷어차는구나!"

마치 수십 개의 못으로 긁는 것 같은 기괴한 육성이 모두의 귓속을 파고들었다.

"성녀여, 저것일세. 내 사악한 힘을 느끼고 물러나려 할 때 강제로 내 몸의 마나를 흡수한 존재가!"

한마디 한마디를 쥐어짜듯 내뱉은 딘 로스차일드의 얼굴
은 코끝이 부들거릴 만큼 진노로 가득 차 있었다.

그러나 그는 물론이고 일행 중 누구도 다음 행동에 나서
지 못했다.

우수수!

지하 공동 전체가 지진을 만난 것처럼 흔들렸다. 동시에
먼 뒤에서 빛을 밝히던 딘 로스차일드의 마법 구체가 그 빛
을 잃어가기 시작했다.

천지 사방으로 드리워지는 어둠의 그림자.

급속도로 창백해진 안색의 무합 사마르가 힘겹게 입술을
달싹였다.

"아아… 무서운 힘이 느껴져요."

남궁관악은 순식간에 땀범벅이 된 얼굴로 합비를 돌아보
며 물었다.

"성승! 정녕 그것이 맞습니까?"

"아미타불. 마기, 마기입니다. 인세에 허락되지 않은 마
기가 퍼지고 있습니다."

과연 성승이란 감탄이 절로 나올 정도로 차분한 대답이
었다.

그러나 얼굴은 달랐다.

두상 위의 계인이 주름에 묻혀 보이지 않을 정도로 노안

이 커져 있었다.

"크카카칵! 최후의 사슬이 풀렸노라! 자! 나오너라! 피에 굶주린 천마여!"

북궁지윤의 외침에 호응하듯 짐승의 울부짖음 같은 포효 소리가 사찰의 안쪽으로부터 터져 나왔다.

"크아아아아!"

평범한 사람이라면 심장마비가 올 만큼 무시무시한 괴대 성!

빠직!

돌로 이루어진 사찰의 앞면이 거미줄처럼 갈라지기 시작 했다.

그러더니 쾅!

사찰을 이루던 수백 수천 개의 돌 조각이 사방 천지로 터 져 나갔다.

그리고…….

그 가운데 악마가 있었다.

벌거벗은 상체는 터질 것 같은 근육으로 뒤덮여 있다. 그 위의 목은 웬만한 성인 허벅지 굵기였고 두꺼운 혈관이 뱀 처럼 꿈틀거리길 반복했다. 무엇보다 보는 이의 심혼을 자 극하는 건 눈이 있는 자리에서 뿜어지는 핏빛의 광망이었 다.

지옥의 불길로 사람의 피를 태운다면 저러할까?

뿐만 아니라 허리까지 닿을 긴 머리칼이 핏빛의 기류에 휩싸여 마치 수십 개의 뿔처럼 역류하고 있다.

딘 로스차일드는 지독한 격동에 휩싸였다.

악마? 마신?

어떤 말로 표현하든 이자는 사람이 아니었다. 사람의 형상을 하고 있는 지옥의 존재.

'태양신이여! 나를 용서하시오!'

태양신이 말했던 천년 악마가 진실로 눈앞에 나타났다. 마도의 진리를 쫓으며 자신 안의 존재를 냉철히 성찰했던 그의 지성도 지금 이 순간만큼은 신앙인의 그것처럼 돌변했다.

딘 로스차일드는 마치 성전에 임하는 사람처럼 결의에 찬 외침을 터뜨렸다.

"내 목숨을 다 바쳐 천년 악마를 막으리라! 알라의 성녀여! 단죄의 성기사여! 이제 우리의 의무를 다할 때가 왔소!"

"딘 님도 알라의 음성을 들으셨군요. 저는 각오가 돼 있어요."

무합 사마르가 얼굴의 반을 가리던 보셰이를 풀며 딘 로스차일드의 옆에 섰다.

"으득! 주님의 권능으로 사탄을 멸하리라!"

딘 로스차일드의 사제복이 터질 것처럼 팽창했고 그 얼굴은 창을 들며 달리는 마상 위의 기사처럼 저돌적인 기세를 내뿜었다.

북궁지윤, 아니, 그의 몸을 차지하고 있던 마존은 한껏 비웃음을 터뜨렸다.

"크카카! 불나방이로다! 어디 발버둥 쳐 보거라! 너희 하찮은 자들이 본좌가 돌아올 때까지 살아남으면 내 친히 상을 주리라! 신의 손에 죽게 되는 커다란 상을! 크카카카!"

"시끄럽다. 호러 영화는 죽은 다음에나 찍어라."

어느 틈엔가 강서린의 모습은 북궁지윤의 바로 앞까지 이동해 있었다.

"크카카… 크으?"

괴소를 터뜨리던 북궁지윤의 입안이 뭔가에 막힌 것처럼 다물렸다.

신이라 자칭할 만큼 오만한 그로서도 일순 두려움을 느낀 것이다.

그러나 이도 잠시, 북궁지윤은 퍼런 얼굴을 악귀처럼 일그러뜨리며 원독에 찬 일갈을 내뱉었다.

"너… 네놈!"

"잘못 말했나? 이미 죽은 몸이니 죽지 않는다는 거군."

강서린은 무표정한 얼굴로 중얼거렸다.

"크으으! 그렇다. 나는 너희 인간처럼 육체에 구속받는 유한자가 아니다. 무한히 살아가는 신과 같은 정신체. 그것이 바로 나다."

"그런가? 아까는 그냥 죽을 것 같던데?"

"본좌는 죽지 않는다. 그러나 그대로 있었다면 오랜 세월 부활하지 못하고 어두운 지하를 떠돌았겠지. 크흐흐."

북궁지윤은 이상할 정도로 순순히 대답했다. 심지어 웃기까지 했다. 확실히 믿는 바가 있는 모양새다.

강서린은 조용히 웃으며 오른손을 쥐는 시늉을 했다. 어느새 그의 손에는 번쩍이는 뇌기가 솟구치고 있었다.

"너는 죽는다."

"뭐라고?"

"정신체건 뭐건 이제 그만 죽어라. 나는 너 같은 놈의 개소리를 들어 줄 만큼 자비롭지 못하다."

"이익! 그자의 안배가 닿았다고 해도 네놈에게 더 이상의 천운은 없느니!"

"운이라……."

강서린은 버릇처럼 입매를 틀며 오른손을 들어 올렸다.

지지직!

번개로 이루어진 검이 전류를 뿌리며 강렬한 위용을 드러냈다. 강서린은 그 검을 잡고 북궁지윤을 향해 겨누며 말했다.

"아까도 운이었는지 다시 시험해보겠다."

그의 뒤로는 초인들이 뿜는 필사의 기세로 넓은 반경의 공간 전체가 후끈 달아오르고 있었다.

CHAPTER **11**
천마의 화신

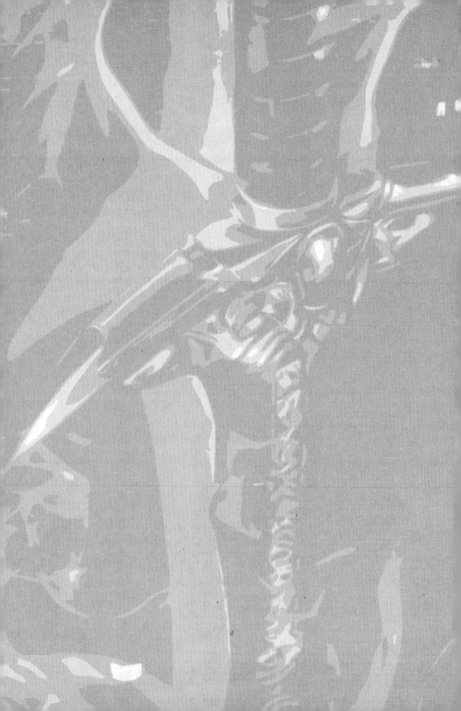

"크크크, 네놈의 천운은 끝났다고 했을 텐데? 네놈이 아무리 높은 경지의 무공을 펼쳐도 이미 유체 상태인 본좌를 어쩌지는 못한다. 이제 본좌는 또 다른 육체를 찾아 올라갈 것이다."

'몸 갈아타기' 술법에서 인간의 선천지기가 필수였다. 때문에 지상에 올라가 다른 인간의 몸을 차지하는 동안 폭주한 천마체의 손에 눈앞의 인간을 포함하여 여기 있는 모든 인간이 도륙될 것이다.

아쉬웠다. 사실 마존은 이 육체를 버리고 천마체와 합일

을 할 계획이었다. 그런데 어이없게도 한낱 인간의 검에 가
장 중요한 심장이 파괴되면서 '몸 갈아타기' 술법은커녕,
정신 자체가 흩어질 뻔했다. 그러니 유체 상태로 부활한 지
금 아쉽지 않을 수가 없었다.

복수!

존재가 생긴 이래 오늘처럼 커다란 굴욕을 느낀 적이 없
던 마존은 이대로 천마체의 손을 빌어 복수를 한다는 게 성
이 차지 않았다.

"크하하! 하나 더 알려주마. 본래 네놈들 정도면 충분한
제물이었다. 본좌가 합일을 이뤘다면 말이다. 그러나 본좌
의 제어를 받지 않은 천마체는 네놈들로 만족하지 못하고
인간들이 사는 지상으로 올라가 수천수만의 피를 뿌릴 것
이다. 크하하하!"

마존은 안면이 찢어질 정도로 웃었다. 인간이 이 정도 힘
을 가지고 여기까지 내려왔다는 건 정인(正人)이라는 증거
였다.

아니, 마의 힘에 대항하기 위해서는 그자도 정인을 보낼
수밖에 없었으리라.

패도적인 기질이 강해 보이긴 해도 수행의 근본은 정인
이 분명할 터. 따라서 자신으로 인해 수많은 사람이 죽는다
는 걸 알았으니 천마체의 힘을 깨닫는 순간, 죽음보다 더한

절망을 느낄 게 분명했다.

"죽어서도 온전치 못하리라! 피의 제물이 될 인간들의 고
통이 사슬이 되어 네놈의 혼백을 옭아매리라!"

마존은 북궁지윤의 육체를 떠나며 울림 같은 목소리로
말했다.

그 말은 그대로 강력한 저주가 되어 강서린의 주변을 휘
어 감았다.

말이 현실이 된다면 죽어 혼백이 된 뒤에도 고통을 받게
될 지독한 진언이었다.

하지만 강서린은 아무렇지도 않게 그 말의 힘을 벗어났
다.

그물처럼 강서린을 덮치던 진언의 파동은 불 위에 떨어
지는 지푸라기처럼 그대로 녹아서 없어져 버렸다.

'음, 이놈이!'

마존은 속에서 불길이 일어나는 기분이 되었다.

고위 영격체의 진언이라 해도 아무것도 없는 상태에서는
말 그 이상의 가치가 없었다. 때문에 정인이 가진 정신적
빈틈을 파고들려 했는데 전혀 먹히지 않았다.

강서린은 지금 그의 말에 일절의 관심도 없었다.

아무리 강한 말도 귀머거리에게는 소용없는 것과 같은
이치였다.

그러나 마존을 가장 화나게 하는 건 조금도 흔들리지 않은 기세와 검을 겨눈 자세였다.

강서린은 정말로 마존의 말을 완전히 무시하고 있었다. 대신 그는 앞선 감각을 되살려 자신의 검 끝을 무형의 존재조차 벨 수 있는 검으로 만들었다.

한 차원 높은 감각!

물리 법칙 그 이상의 날카로움!

이 두 가지가 조합되어 신마저 베어버릴 수 있는 멸신의 검이 완성됐다.

"귀신이 아니라 귀신 할애비라도 도망가지 못한다."

강서린은 살기 띤 웃음을 지으며 말했다.

파악, 파파파팍!

검은 수십 군데로 나뉘어 북궁지윤의 육체를 관통했다. 그리고 다시 수십 개의 작은 폭발이 그의 몸속에서 일어났다.

퍼서석!

시체는 그렇게 가루가 되어 사라졌다.

[크훗! 건방진 놈! 유체인 본좌를 절대 네놈은 잡지 못한다!]

유체 상태에서는 물리적 울림을 일으키는 자체가 영질의 소모를 불러온다.

딘 로스차일드의 마나를 흡수해 간신히 유체를 만들었던 마존은 악에 받쳐 영성을 터뜨렸지만 그 소리는 뒤로 갈수록 멀어지며 작아졌다.

강서린의 눈이 빛났다.

껍데기가 사라지니 마존이란 존재의 실체가 아주 선명하게 보였다.

"집중한 보람이 있군."

단점이 하나 있다면 땅 속 생명체가 뿜어내는 작은 파동부터 심지어 지형지물에서 나오는 파동까지도 모두 느껴진다는 점이었다. 비유하자면 옹달샘에 수백 개의 작은 돌을 던진 것과 같았다. 다행히 강서린은 그중 하나만 판별해서 집중할 수 있는 냉철한 정신력을 소유하고 있었다.

"오래 묵은 귀신아, 이제 그만 사라져라."

강서린으로서는 그 나름대로 역사를 좌지우지했다는 존재에게 최소한의 예의를 지키고자 주어까지 붙여 내뱉은 말이었다.

소리 없는 검이 날았다. 그리고 갈라졌다.

유체도 일종의 혼백이다.

정신, 즉 백이란 혼이 있어야 유지될 수 있었고 이 혼은 불멸성을 띠고 있지만 완전한 의미에서의 불멸은 아니었다.

우주 만물의 모든 혼이 마찬가지였다.

그 근원이 되는 영구원자가 깨지면 혼도 죽는다.

죽는다는 표현보다 무(無)가 되어 소멸한다는 표현이 옳을 것이다. 강서린이 가른 게 바로 이 영구원자였다.

영구원자가 파괴된 마존의 유체는 비명도 지르지 못한 채 존재 자체를 상실했다.

그의 장담처럼 귀신이 아니라 귀신 할애비라도 피할 수 없는 검이었다.


*        *        *


일순간에 쇠도 녹여 물처럼 만든다는 초고온의 마법이 천마체에 가해진 첫 번째 일격이었다.

화르륵!

타올라야 정상이었다. 마법의 불꽃은 일반적인 방법으로는 절대로 꺼지지 않는 화염이었다.

그런데 심지가 다 탄 촛불처럼 순식간에 삭아들었다.

푸시식.

"커헉!"

딘 로스차일드가 피를 토하며 그 자리에 주저앉았다.

두 번째 일격은 온몸에 야수의 힘을 두른 무합 사마르의 몫이었다.

근접전에 강한 그녀는 치타의 기민함을 이용해 소리 없이 상대에게 접근했고 곰과 사자의 힘을 실어 뼈도 부수는 일격을 쏘아냈다.

그렇지만 뼈가 으스러지는 충격을 받은 건 적이 아니라 그녀 자신이었다.

일격이 닿기 직전, 붉은 혈기가 적을 감쌌고 이를 두드리자 엄청난 반탄력이 일어난 것이다.

"꺄아악!"

무합 사마르는 비명과 함께 쇄도했던 속도보다 더욱 빠르게 뒤로 튕겨졌다.

"타핫!"

기합성과 함께 날아오른 남궁관악이 간발의 차이로 그녀를 잡아챘다.

세 번째 일격은 아예 시작도 하지 못했다. 적도 행동을 개시한 것이다. 적의 혈안이 마치 웃는 것처럼 초승달 모양으로 바뀌었다.

"큭큭큭!"

웃음소리인지 분간하기 힘든 괴상한 육성도 흘러나왔다. 마치 잠자리의 날개를 뜯기 직전에 보이는 어린 아이의 잔혹함. 그런 느낌이 모두의 신경을 타고 올라왔다.

하지만 이 기분 나쁜 느낌을 지우기도 전에 거대한 파괴력이 일행의 눈앞으로 짓쳐들었다.

우웅!

해골 모양을 한 검붉은 광채.

여기 있는 누구도 몰랐으나 이야말로 마도 무림의 시조인 천마의 혈령인(血令人)이었다.

초인이 활보했던 상고의 무림에서도 이 핏빛의 장강은 감히 대적할 수 없는 공포의 상징이었다.

그렇지만 이런 사실을 알았다고 해도 존 하우드 워릭은 절대 주저하지 않았을 것이다. 성기사인 그에게 순교는 무기와도 다름이 없었다.

"주여! 크하합!"

커다란 기합성이 터지며 금빛 찬란한 십자가로 수놓인 방패가 혈령인을 가로막았다.

쿠직! 쿠직! 털그럭!

해골의 턱이 움직이며 소리까지 냈고 그럴수록 방패의 표면은 움푹움푹 파이길 반복했다.

방패는 물질이 아니라 단죄의 성기사 자신이 성경의 권능을 실체화시킨 힘의 응집체. 지금까지 그 어떤 사악한 힘도 이 방패를 뚫지는 못하였다.

그런데 그런 방패가 갉아 먹히고 있다.

단죄의 성기사는 자신의 목에서 은으로 만든 십자가를 끌러 쥐었다. 교차한 형태의 팔. 그중 한 쪽 팔을 타고 백색으로 물든 창 같은 형상이 쭉 하고 올라왔다.

동시에 터지는 고함 소리.

"우오오! 롱기누스여! 네 죄를 회개하라!"

그의 가장 큰 능력은 성경의 실체화였다.

즉 성경의 내용을 설계도로 해서 자신이 가진 신성력에 의미를 부여하는 것이다.

그는 창을 만들며 이 창이 진짜 롱기누스의 창과 같다고 믿었다.

롱기누스의 창은 신의 독생자를 찔렀다. 그럼으로써 세상 무엇도 뚫을 수 있는 창이 되었다.

이 창도 그러하리라.

단죄의 성기사는 이렇게 확신했고 또 믿어 의심치 않았다. 지금까지 단 한 번도 이 믿음이 어긋난 적이 없었으니까.

과연 창은 그의 믿음을 저버리지 않았다. 방패를 갉아 먹던 혈령인을 그대로 뚫어버린 것이다.

콰지직! 카카카칵!

해골은 괴상한 소음을 내며 부서졌고 이를 감싸던 검붉은 광채도 사라졌다. 그러나 그 순간, 단죄의 성기사는 악마가 자신의 코앞에서 씩씩대고 있는 걸 보았다.

천마체의 머리가 포탄처럼 그를 후려쳤다.

퍼억!

"크아악!"

온몸이 으스러지는 고통과 함께 단죄의 성기사는 이십 미터 이상 밀려났다. 간신히 다리에 힘을 줘 쓰러지지는 않았지만 양팔이 완전히 부러진 채 덜렁거렸다.

"주, 주여……."

그의 얼굴이 치욕으로 물들었다. 악을 상대로 비명을 터뜨렸단 자체가 성기사인 그에게는 참기 힘든 치욕이었다.

열 배, 백 배로 갚아줘야 한다!

그렇지만 그가 처한 현실은 이전과는 백팔십도 달랐다. 뼈가 부러지는 정도는 금세 자가 치유가 가능한 그였지만 이번 상대는 그럴 틈 자체를 주지 않았다.

과과과!

직전보다 더욱 광폭한 기세로 천마체의 육체가 쇄도해 들어갔다. 쓰러지지 않은 그가 마음에 들지 않았다는 듯 이번에도 저돌적인 육탄공격이었다.

"……!"

존 하우드 워릭은 분명 회피하려 했다.

그런데 몸이 말을 듣지 않았다. 동시에 순차적으로 알 수 있었다. 팔만 부러진 게 아니라 자신의 신체 전반에 거쳐 심각한 충격이 누적되었음을.

그는 눈을 감고 가슴속으로 성호를 그렸다.

'성부 성자 성령의 뜻대로 하소서. 아멘.'

부웅!

몸이 떠올랐고 귀에 바람 소리가 닿았다. 그런데 고통이나 충격은 없었다. 이를 깨달은 순간 반사적으로 눈이 떠졌다.

그리고 볼 수 있었다.

자신이 서 있던 자리에서 악마와 충돌하는 한 사람의 뒷모습을.

'소드 마스터?'

쾅!

굉음이 터지며 악마의 근육질 육체가 돌진하던 속도보다 더욱 힘차게 뒤로 날아갔다.

그 순간 존 하우드 워릭은 정신이 팔려 엉덩방아까지 찧었지만 도저히 눈을 뗄 수가 없었다.

강하다는 건 알고 있다. 그래도 이건 너무하지 않은가? 우리 모두가 맥을 못 춘 악마를 너무도 손쉽게 날려버리지 않은가?

이렇게 생각한 그의 두 눈에는 경이로움마저 감돌고 있

었다.

강서린은 다수를 상대할 때 필요에 따라 기검을 확장하기도 했다. 하지만 간혹 수와 상관없이 근접에서 휘두르는 게 효율적인 경우도 있었다.

바로 지금과 같은 경우였다.

'이 녀석 광인은 아니었군.'

그는 초인들이 일격을 시작할 때부터 충분히 도와줄 수 있었다. 다만 그들에게서 알 수 없는 각오를 느꼈기에 끼어들지 않은 것이다.

그렇다고 죽게 내버려 둘 생각은 없었다. 상황이 바뀌었다고 해도 자신이 인정한 일행이니까.

어쨌든 지켜보면서 이 천마체란 적에 대해 분석했다.

그리고 내린 결론은 거의 들어맞았지만 지금, 그중 하나만큼은 완전히 정반대로 바뀌고 있었다.

'단순히 힘만 센 멍청이가 아니다.'

지성이 매우 낮은 줄 알았는데 막상 자신을 상대하자 완전히 달라진 모습을 보였다.

지금도 그랬다.

천마체의 등 뒤로 거대한 팔들이 나타나더니 그것들 하나하나가 정교하게 맞물리며 공격해 들어왔다.

"……"

강서린은 미간을 찌푸리며 손을 칼처럼 만들고 휘둘렀다.

카카카캉!

분명히 하나도 남김없이 쳐냈는데 전신에 충격이 전해졌다. 반대로 자신이 만들어낸 기검은 놈의 괴이한 움직임이나 호신기에 막혀 사라졌다.

그렇게 한동안 비슷한 방식의 근접전이 이어졌다.

그러다가 문득 강서린은 새로운 사실을 깨달았다. 이 적은 단순히 감각만 좋은 게 아니다. 손짓 발짓 하나하나에 헤아리기 힘든 대전 경험이 녹아들어 있다!

'맹주의 장자라고 했나?'

강서린은 직접 나서기 전에 남궁관악의 입에서 이 천마체란 자가 사라진 맹주의 장자 같다는 말을 들었다.

현실적으로는 말이 안 되는 소리다.

힘도 힘이지만 무수한 동시 공격을 모조리 방어할 만큼 '무공'이란 능력이 극에 달한 자였다.

그래서 생각했다. 맹주의 장자든 아니든 하루아침에 이런 능력이 생길 수는 없다.

기이이잉—

강서린은 오른손을 뻗어 꾹 쥐는 시늉을 했다. 투기가 극도로 응집된 강력한 무형검이 그의 손에 쥐어졌다.

검을 만들고 쥐는 그 짧은 시간에 그의 입장은 공세에서 수세로 바뀌었다. 그만큼 상대의 수준이 높았다. 지금은 그가 만드는 뇌전검 비슷한 형상을 가진 검들이 천지좌우에서 찔러오고 있었다.

말하자면 심검.

상고 무림 시대에 천마삼검이라 불렸던 신화적인 검술이 재현되고 있는 것이다.

강서린은 자신의 검을 들었다. 그러고는 일격필살의 기세를 담아 내뻗었다.

쉬익!

사실상 죽음을 각오하고 내쏘는 최후의 일격 같은 모양새.

물론 강서린은 죽지 않을 자신이 있었다. 생각대로 되지 않는다면 몸으로 막아낼 수밖에 없는데, 최악의 경우에는 절대 공간이 있었다. 몸 그 자체를 가속시켜 만드는 대기의 방어막.

다만 워낙 상대의 검력이 대단해서 상당히 아프긴 할 것이다. 충격이 공간 내부까지 울릴 테니까.

"타핫!"

강서린은 힘껏 기합을 넣었다. 그러자 검의 투기가 훨씬 커졌다. 빛의 속도로 쇄도하던 검의 면적도 한층 커지고 빨라졌다.

기묘한 움직임으로 검을 회피하려 했던 천마체의 혈안이 처음으로 움찔거리며 커졌다.

"크아아!"

위기감을 느낀 천마체가 크게 포효했다. 동시에 강서린을 공격하던 4개의 심검들이 마치 순간이동을 한 것처럼 천마체의 정면으로 나타났다.

강서린의 눈빛이 차갑게 가라앉았다.

'역시 그랬군.'

정상적이라면 이 정도 전투 능력을 소유한 적에게 '살을 주고 뼈를 취한다'는 전법은 아무런 의미가 없었다. 즉, 그런 게 통할 상대면 이만큼의 공방도 필요 없었다.

그런데 통했다. 천마체의 전투 능력이 컴퓨터의 연산처럼 완벽만 추구했기 때문이다.

완벽을 위한 행위란 때론 가장 큰 약점이 될 수 있다. 지금 강서린의 머릿속을 맴도는 말이었다.

"가라!"

번개검의 검력이 강력하긴 했지만 심검 4개를 연속으로 뚫을 정도는 아니었다. 그렇다고 검에 힘을 더하기도 불가능한 시간!

번개검의 면적이 확 줄어들었다. 미리 주입된 의지에 따라 변형된 것이다. 그렇게 압축된 뇌기는 송곳 같은 형태를 이루며 거침없이 정면을 파고들었다.

푸욱!

천마체의 두상 한가운데로 한두 방울의 핏물이 맺혀 떨어졌다. 그리고 그게 끝이었다.

"커어억⋯⋯."

폐부를 쥐어짜는 마지막 숨소리와 함께 천마체의 육체가 힘을 잃고 땅 위로 쓰러졌다.

"후, 좋은 승부였다."

강서린은 가볍게 한숨을 내쉬며 기운을 거둬들였다. 마음껏 공수를 주고받을 정도로 강한 상대였던 만큼 아쉬움이 남는 것도 당연했다.

사실 그는 모르고 있었지만 그를 상대한 천마체의 강함은 비정상적인 상황에서 비롯된 것이었다.

천마체는 상고의 무렵부터 천마라는 마도의 절대자를 탄생시키기 위해 설정된 특별한 신체였다. 그런 천마체는 탄생 시마다 새로 만드는 게 아니라 이전 천마체를 재료로 해서 다시 만들어지곤 했다. 즉, 천마가 죽고 나면 그 시신이 수거되어 다음 세대의 천마체로 재탄생하게 되는 원리였다.

따라서 천마체에는 역대 고금제일인이라 칭송받던 모든

천마의 기억이 잠재되어 있었다.

다만 마존이 천마체의 육체를 차지했다고 해도 이 기억을 자신의 것으로 만들 수는 없었다. 말 그대로 잠재된 기억.

실상 강서린이 어지간히 강하기만 했어도 더욱 손쉽게 천마체를 처리했을 터였다. 하지만 강해도 너무 강했기에 천마체가 만들어진 이래 단 한 번도 표출되지 않았던 천마의 기억들이 본능적으로 깨어난 셈이었다.

남궁관악은 마치 무신처럼 보이던 적도 결국 강서린의 손에 쓰러지자 더 이상 놀랍지도 않다는 듯이 조금 허탈해진 표정으로 다가오며 물었다.

"이게 다 끝난 겐가?"

강서린은 마침 전면이 부서진 채 내부가 훤히 들여다보이는 사찰을 주시하다 시선을 거두는 중이었다.

그는 남궁관악을 보며 가볍게 고개를 저었다.

"아직 할 일이 남아 있다."

"하면 우리는 어찌하는 게 좋겠나?"

강서린은 일행들이 있는 쪽을 보았다. 성승이 치유의 파동을 뿜으며 서양의 초인들을 치료하기 위해 노력하는 모습이 보였다.

'당장 움직이기는 어렵겠어.'

상당히 깊은 지하였다. 몸 상태가 온전하면 몰라도 저 지경으로는 나가는 행동조차 무리가 있었다.

강서린은 재차 남궁관악을 보며 말했다.

"저들을 지켜라. 오래 걸리지 않을 테니."

"흐음, 알았네."

남궁관악은 세가주들 때문에 상당히 초조해져 있었지만 군말은 달지 않았다. 기실 세가주들이야 죽었든 살았든 어떻게든 수습이 되지만 이 아래는 강서린이 아니면 절대로 수습이 안 되기 때문이었다.

CHAPTER **12**
한국의 초인들

 세상에 도둑질만큼 과학적인 기술을 요하는 직업도 없
다. 금고 따기의 전문가 심필호는 이런 자신의 지론을 입버
릇처럼 달고 다녔다. 스스로 전문가라 자처하지만 사실 그
는 그저 그런 좀도둑에 불과했다. 손기술은 좋았지만 담이
적어 빈집털이가 아니면 좀처럼 나서는 법이 없었다.

 그런 심필호도 지금만큼은 전혀 다른 사람이었다. 왜소
한 체구에 오십 대를 바라보는 나이였지만 그 어느 때보다
정력적으로 움직이고 있었다.

 "흐흣, 친구. 나만 믿고 뒤나 잘 봐주라고."

"걱정하지 마라."

그림자처럼 심필호의 뒤를 따라 걷던 문석이 무뚝뚝하게 대답했다. 이종 격투기를 하다 나이가 들어 퇴물 선수로 전락한 그는 이런저런 힘쓰는 일에 전전하다가 뒷골목까지 흘러들어오게 되었고 약 5년 전부터 심필호를 따라다니고 있었다. 그가 주로 하는 일은 가드였다. 장물 거래 시에 뒤를 봐주거나 작업 중에 있을 불상사를 대비하는 역할이었다.

물론 지금까지 불상사라고 해봤자 한두 사람을 상대하는 게 고작이었다. 그것도 훈련받은 경비원은 거의 없는 경우였다. 하지만 지금 그들의 대상이 된 타깃은 '황금성'이라고 불릴 만큼 웅장하고 고급스런 저택이었다.

반년 전에 지어진 이 저택에는 수십 억 상당의 무기명 채권이 보관되어 있다는 소문이 돌고 있었다. 저택의 규모만 봐도 그 정도쯤은 누구나 쉽게 짐작할 수 있는 금액이었다.

당연하지만 저택을 노리는 패거리나 도둑들이 많았고 한편으로는 과연 누가 황금성의 입성에 성공할지를 놓고 날로 관심이 높아지고 있었다.

바꿔 말하면 그만큼 보완이 철저해서 도둑질에 성공하기 힘들다는 점을 반증하고 있었다.

어느덧 대문을 지나쳐 저택의 철제 문 앞에 거의 다다른 심필호가 조금 긴장한 듯 멈칫하다가 키패드의 번호를 눌렀다.

드르륵.

문은 작은 소음을 내며 너무도 쉽게 잠금장치를 풀었다. 야간이면 켜지는 방범 모드도 아니었다.

열리는 문틈으로 미약한 조명빛이 어렴풋이 비쳐지는 커다란 1층 거실이 눈에 들어왔다. 흥분한 심필호가 손바닥을 비비며 중얼거렸다.

"흐흐흐, 정말 멋진 여자야."

쉬워도 너무 쉬웠지만 그는 조금도 의심하는 기색이 아니었다.

그런 친우를 향한 문석의 눈매가 작게 일그러졌다.

'이 친구야. 계집에게 빠져도 유분수지, 명색이 전문 도둑이라고 자부하는 작자가 무덤인지 보물 상자인지도 구분을 못해?'

약 2주 전에 옛 친구의 소개라며 심필호를 찾아온 그레이스 김은 생긴 건 한국 여자였지만 군데군데 혼혈의 미태가 물씬 풍기는 금발 미녀였다.

그녀는 이른바 뒷골목의 설계사였고 황금성에 대한 설계를 심필호에게 제시하였다. 그러면서 노골적이지는 않지만 은밀한 몸짓으로 여러 번 심필호의 감정을 흔들어 놓았다.

웬만큼 험한 일도 겪어본 심필호지만 유독 여자한테만은 약했다. 볼품없는 외형 탓에 미녀에 대한 선입견도 있었다. 하지만 그렇기에 한번 빠져들자 정신을 못 차리는 것이다. 게다가 그녀의 설계대로 대문이 열려 있으며 본관 문의 비밀번호까지 들어맞자 그나마 남아 있던 조심성마저 잃어버리는 눈치였다.

겉보기에는 뭉툭한 돌을 보는 것처럼 둔해 보이는 문석이지만 그는 심필호와 달리 예리하게 상황을 관찰하고 있었고 또 놓치지 않았다. 은밀하게 숨어 있다 별안간 쇄도하는 번뜩임을.

"으아악!"

빠직거리는 불똥과 함께 열 발자국 정도 들어가 있던 심필호가 비명을 지르며 쓰러졌다.

'테일 건? 이 시발 것들이 별걸 다 쓰네. 확 뒤집어 엎어버려?'

문석은 한껏 성질이 돋았지만 결국 무방비 상태로 동료의 옆에 쓰러졌다. 그러면서 겉으로는 입을 크게 벌리고 부들부들 떨며 기절한 척까지 했다.

그러자 지척에서 음험한 느낌을 주는 남자의 육성이 들려왔다.

"여기 이 왜소한 놈은 지하로 데려가고 이놈은 2층 방으로 끌고 가라."

'흐음, 지금 말한 놈 뭔가 이상한데?'

사람에게는 기질이란 게 있었고 이 기질은 천차만별이었다. 마치 짐승처럼 난폭한 기질부터 초식 동물처럼 순한 기질까지.

문석은 이 기질을 통해 굳이 모습을 보고 확인하지 않아도 상대가 대략 어떤 사람인지 유추할 수 있는 능력이 있었다.

그는 절로 인상이 쓰이는 걸 가까스로 참았다.

어둠에 가려져 있었지만 비릿한 피 냄새가 났다.

그 정도가 심해 역하기까지 했다. 진짜 냄새가 아니라 기질에서 풍기는 냄새였다.

'저거 뭐하는 녀석이지? 내가 알고 있는 최악의 살인자도 저 정도는 아니었는데?'

오죽하면 지금 자신의 팔을 붙들고 계단을 오르는 두 사람의 피 냄새가 달콤한 향기처럼 느껴질 지경이었다.

삐걱.

방문 열리는 소리가 들렸다.

문석은 실눈을 뜬 상태였고 감각도 개방하고 있었다.

'창이 있지만 창살에 막혀 있네. 가구는 하나도 없고 의자만 세 개가 있군. 빈 의자에 앉힐 셈인가?'

삼각형 모양으로 의자가 놓여 있었는데 의자 두 개에는 이미 사람이 앉아 있었다. 아니, 정확히 말하면 결박된 채 묶여 있었다. 과연 그의 예상대로 끌고 온 자들은 남은 의자에 그를 앉혔다. 그러고는 의자에 걸려 있던 쇠사슬 수갑으로 문석의 팔과 다리를 결박했다.

철그렁거리는 소음이 몇 번 났지만 두 사람은 결박을 하자마자 이내 나갔고 곧바로 방안은 적막에 휩싸였다.

사람마다 차이가 있지만 건장한 성인이라면 테일 건에 맞아 기절해도 5분에서 10분이 지나면 깨어나게 되어 있었다.

문석은 정확히 6분이 흐를 즈음에 정신이 든 척을 했다.

"으허헉! 여, 여기가? 여기가 어디야?"

그러면서 그는 결박된 몸을 보고 크게 놀란 사람처럼 온몸을 흔들며 발악했다.

"으아아악! 이거 뭐야! 사람 살려!"

"흑흑, 소리 질러도 아무도 오지 않아요."

난데없이 들리는 여자의 가련한 흐느낌 소리에 문석은 더욱 놀란 듯 소리쳤다.

"거, 거기 누구요!"

"흑흑……. 저도 잡혀 왔어요. 학교 끝나고 집에 가는 중이었는데……."

‘미친년. 지랄하고 있구나.’

문석은 절로 욕설이 튀어나왔지만 꾹 눌러 삼켰다.

이미 그는 방에 들어올 때부터 의자에 앉은 두 사람이 웃는 몰골로 자신을 쳐다보고 있는 걸 놓치지 않고 있었다.

‘저년의 말이 아주 틀린 건 아니네. 학교 끝나고 집에 갈 만한 어린년이야. 한국말로 고딩? 그 정도 나이겠어.’

내심은 이랬지만 겉으로는 전혀 다른 반응을 보였다.

"그, 그런!"

"아저씨, 저 좀 구해주세요. 엄마가 보고 싶어요, 흑흑!"

‘연기가 확실하네. 가지가지 하는구나.’

당황하고 놀라는 척하던 문석은 겉으로는 소리를 치지만 속으로는 보이지 않는 비웃음을 지으며 마구 다리를 흔들었다.

"으아아아!"

철컹! 철컹!

철제 의자는 다리 사이의 이음부가 벌어져 있었다. 마치 다리의 쇠사슬을 내려 벗어나라는 듯이 말이다.

"됐다! 발을 빼냈어!"

한쪽 다리를 빼낸 문석이 들으라는 것처럼 환호성을 내질렀다. 그러고는 다른 한쪽 발도 빼냈고 벌떡 의자에서 일어났다.

"아, 아저씨? 아저씨! 아저씨! 저도 좀 구해주세요!"

"구해주고말고! 조금만 기다려라!"

양팔은 여전히 수갑에 묶여 있었지만 문석은 정의의 사도처럼 조금의 망설임도 없이 소녀가 앉아 있는 쪽으로 움직였다.

"여기예요! 여기!"

"오냐, 다 왔다. 내 손아귀가 부서지는 한이 있어도 널 꼭 구해주마."

소녀의 의자 앞에 선 문석은 팔을 더듬거리며 허리를 숙였다. 하지만 이내 커다란 신음을 터뜨리며 뒷걸음질 쳤다.

"으헉!"

문석은 팔뚝을 붙잡는 척하며 정면을 보았다.

'어디 어떻게 나오나 볼까?'

거짓말처럼 웃으며 의자에서 일어서는 소녀. 한 손에는 날이 선 단도를 들고 있었다.

소녀가 혀끝으로 단도를 핥더니 아쉽다는 투로 말했다.

"동맥을 찌르려고 했는데 스치고 말았네. 아저씨 운동 좀 했나 봐?"

"헐헐, 그러게 나한테 맡기라고 하지 않았누."

"아이참, 다시 하면 되잖아요!"

소녀가 빽 하고 짜증을 부린 쪽은 다른 의자가 있던 공간이었다.

문석은 그쪽을 보며 각진 얼굴과는 전혀 어울리지 않는 괴상한 표정을 지었다.

그의 동공에는 어느 회장님 댁 마나님처럼 고급스러운 옷차림에 챙 모자를 쓴 노파가 야구방망이를 들고 있는 엽기적인 풍경이 비쳐지고 있었다.

"여기 무슨 정신병원이야?"

어이없다는 중얼거림이었지만 조용한 방 안에서 듣지 못할 리가 없었다.

"헐헐, 요즘 젊은 것들은 예의가 부족해. 끙차!"

노파가 방망이를 어깨에 대더니 한쪽 손으로 뭔가를 또 집어 들었다.

소녀 역시 같은 행동을 취했다.

다음 순간, 고개를 드는 그들의 얼굴에는 큼지막한 뭔가가 달려 있었다.

문석은 한눈에 그 뭔가를 알아봤다. 물론 이번에는 말로 내뱉지 않았다.

'적외선 스코프? 이런 미친!'

처음부터 살의가 흐르는 건 감지하고 있었지만 저들 자체는 특별할 것 없는 사람이기에 의심만 하는 수준이었다.

그런데 이제는 확실해졌다.

이곳은 사냥터였다.

살인을 목적으로 만들어진 사냥터!

다만 하나 더 확인해야 할 사항이 있었다.

"호호, 아저씨, 쫄았어? 왜 아무 말도 못 해?"

소녀가 잔혹한 비아냥거림을 흘리며 다가오기 시작했다.

문석은 이제 팔에서 손을 떼고 무표정에 가까운 얼굴을 하고 있었다.

"재미로 사람을 죽이나?"

"응? 와아! 이 아저씨 아까랑 딴판이네? 무섭지도 않은가 봐?"

"후우, 이 미친년이 묻는 말에 대답이나 할 것이지."

"미, 미친년? 시발!"

탄성을 터뜨릴 정도로 놀란 반응을 보이던 소녀는 이어서 들려오는 욕설에 흠칫 그 자리에 멈췄다가 이내 악귀처럼 일그러진 얼굴을 하며 덤벼들었다.

"죽어!"

"미친년이 대답 못하면 거기 미친 노파가 대답해 봐. 재미로 사람 죽이는 거냐?"

문석은 가볍게 단도를 피하며 노파 쪽을 보고 물었다. 확실히 노파 쪽은 소녀와 달리 흥분한 모양새가 아니었다.

"헐헐, 운빨이 좋구먼. 어디서 저런 대장부를 구해 왔누?

우리 영감 소싯적 모습이 보여. 한디 참말로 아쉽구먼."

이렇게 말하는 노파가 두 손에 야구방망이를 쥐면서 슬금슬금 다가오더니 다시 말했다.

"재미로 사람을 죽이냐고 물었노?"

"응."

"아가씨야 어떨지 몰라도 이 할미는 죽이는 것보다 다른 게 더 좋지."

"뭔데?"

"으흘흘, 보양식에 사람만 한 게 없다우."

부웅!

정확히 방망이가 닿는 거리에서 허리를 뒤튼 노파는 그대로 바람 소리와 함께 엉덩방아를 찧었다.

"어이쿠!"

"꺄악! 죽어!"

거의 동시에 소녀가 뒤에서 단도를 내질렀다.

그렇지만 절대 피하지 못할 것 같은 어둠 속임에도 문석은 여전히 멀쩡했다.

오히려 소녀 역시 휘두르는 힘을 이기지 못해 앞으로 넘어졌다.

"꺅!"

잠시 후에 끙끙거리며 일어난 노파와 소녀는 숨소리가

거칠어질 정도로 흥분해 있었다.

"참말로 운 좋은 녀석이구먼."

"시발, 아저씨 눈은 개 눈깔이야? 보지도 못하면서 잘도
피하네!"

이 때였다. 돌연 방 안의 공기가 달라졌다. 어설프게 범
벅 된 살의와 광기 역시 씻은 듯이 사라졌다. 대신 그 자리
에 들어차는 건 숨이 멎어버릴 것 같은 두려움.

소녀와 노파는 벌벌 떨며 쥐고 있던 무기를 떨어뜨렸다.

철그렁! 따당!

그들은 마치 고양이 앞에 선 생쥐의 기분을 느끼며 비명
을 지르려고 노력했다.

그런데 아무리 용을 써도 목에서 숨이 흘러나오지 않았
다. 그저 쉰 소리만 새어 나오는 정도였다.

"으허……."

"아아……."

문석의 각진 턱이 내려갔다. 다부진 얼굴과는 전혀 딴판
인 가벼운 이죽거림이 흘러나왔다.

"더러운 것들. 사람을 죽이는 것 가지고는 뭐라고 안 해.
살다보면 그럴 수도 있고 뭐 암살 같은 고품격 직업도 있으
니까. 그런데 상대도 봐가면서 까불어야지."

"사… 살……."

다리에 힘이 풀린 노파가 그 자리에 쓰러졌다. 그리고 그걸로 끝이었다.

피슉!

정확히 노파의 경동맥에서 분수 같은 핏줄기가 뿜어졌고 바들거리며 떨고 있는 소녀의 얼굴을 덮쳤다.

"꺄악!"

뜨끈한 핏물을 뒤집어 쓴 소녀가 미친 사람처럼 문으로 기어가기 시작했다. 그러나 이내 어딘가에 부딪치며 고개를 들어야만 했다.

소녀 앞에 쭈그리고 앉아 친근하게 웃고 있는 문석의 얼굴.

"흐흐, 동맥을 찌른다고 하더니 뭘 이 정도 가지고 기겁을 하고 그러냐."

"사, 살려 주세……."

콰득!

소녀의 목이 마치 장난감이 비틀린 것처럼 거꾸로 돌아갔다.

문석은 그대로 절명한 소녀를 지켜보며 잔혹한 미소를 지었다.

"감히 이 몸 앞에서 악취를 풍긴 대가를 어떻게 치르게 해줄까?"

어둠보다 짙은 어둠의 장막이 한때는 사냥감이었던 남자를 감싸고 올라왔다.

조용하던 바깥에서 부산한 인기척이 들리기 시작한 것과 같은 순간이었다.

*　　　*　　　*

"으음, 자네도 피곤할 텐데……."

강국호 대통령은 미안한 마음을 내비치면서도 막상 어깨를 주무르는 손길을 거부하지 못했다. 특히 오늘처럼 종교 지도자들과의 오찬 같은 피곤한 일정 뒤에는 몸이 천근만근이었다.

"전혀 힘들지 않습니다."

입을 연 사람은 경호원 신분증을 패용한 중장년의 남자, 대통령 근접 경호팀의 세드릭 팀장이었다.

그는 소파 뒤에서 강국호 대통령의 어깨를 주무르고 있었다.

진심이 느껴지는 그의 차분한 저음에 강국호 대통령은 한결 편해진 신색으로 다시 말했다.

"이거 집사람이 보면 또 한마디 하겠어. 은인을 고생시키는 것도 모자라 이런 일로 부려먹는다고."

"괘념치 마십시오. 예전에도 한번 말씀드렸지만 저에게는 지금이 일생에서 가장 평온한 때입니다."

"아니야. 집사람 말이 맞아. 내 자네에게 사적으로는 형아우 사이로 지내자며 청와대에 들어와 달라고 한 게 공연히 고생만 시키는 것 같으이. 그러고 보면 나도 참 속물이지 않은가? 말은 이렇게 하지만… 으음……."

어느새 눈이 감긴 대통령이었다. 풀리는 노곤함을 이기지 못하고 선잠에 빠져드는 모습이었다.

이런 대통령을 향한 세드릭 팀장의 눈빛은 깊고도 담담했다.

앞에 '김'이라는 성이 붙지만 누구도 그를 한국 사람의 성씨로 부르지 않았다.

그는 아시아계 혼혈이었다.

게다가 그는 한국 국적을 취득한 지조차 2년이 채 되지 않았다.

기실 한국 사회의 풍토가 제아무리 개방적으로 바뀌었다고 해도 쉬이 납득하기 어려운 이력.

특정직 7급부터 시작되는 청와대 경호원은 실로 막중한 책임과 국가적인 충성심을 요하는 자리였다.

외국에서 넘어온 지 얼마 안 된 혼혈인이 대통령을 경호한단 말인가? 누구라도 이런 의문을 가질 법한 인물이었다.

당연하지만 반대가 엄청났었다. 청와대 내부의 일이기에 바깥으로 새어 나가지는 않았으나, 기존 경호실 고위 간부들이 이례적으로 신임 대통령의 추천에 거부반응을 드러낼 정도였다.

그럼에도 지금 세드릭 팀장이 이곳 청와대에서 대통령의 지척에 있는 데에는 누구라도 고개를 끄덕일 만한 이유들이 있었다.

경호실에서 대통령이 바뀌면 가장 먼저 실시하는 '대통령에게 위험이 될 요소'를 조사하며 밝혀진 사실이지만 실상 세드릭 팀장은 현 대통령이 갓 여론의 주목을 끌 무렵, 영부인의 집안인 한성 그룹에서 고용한 일개 경호원에 불과했었다.

하지만 막상 그 일개인이 경호에 투입되자마자 얘기가 완전히 달라졌다.

상대 진형에서 빈번히 시도하던 음성적인 위협과 무력 테러가 완벽에 가까울 정도로 무산됐던 것이다.

일의 뒤처리 또한 얼마나 깔끔한지 후에 조사를 담당했던 요원들조차 혀를 내두를 정도였다.

이런 내용이 밝혀지자 그를 평가절하했던 경호실 간부들은 크게 술렁일 수밖에 없었다.

하지만 이런 실력을 떠나서 가장 중요한 요건이 남아 있었다.

바로 확실히 신뢰할 수 있는 과거사였다.

그러나 이 역시 세드릭 팀장의 어마어마한 과거가 밝혀지며 일단락됐다.

놀랍게도 세드릭 팀장은 영국 왕실에서 기사 작위인 '데임'의 수훈자였다. 그것도 흔히 알려진 기사 작위가 아니라 이른바 로열 데임.

영국은 왕실이 존속하는 국가답게 왕족을 경호하는 인력에 한해 특별한 기사 작위를 수훈했는데 그게 바로 최고의 실력자들을 가리키는 근위 기사다.

그리고 이 근위 기사의 작위를 가리켜 로열 데임이라고 불렀다.

말하자면 대통령의 최측근 경호원과 같은 위치였다.

기막히게도 영국 왕실에서 직접 청와대에 공문까지 보내 확인시켜준 이력이라 의심할 나위조차 없었다.

간부진의 입은 쏙 들어갈 수밖에 없었다.

고작해야 그 한 명의 경호원을 내치려고 영국 왕실의 보증을 이곳 대한민국의 심장부인 청와대에서 왈가왈부할 수는 없는 노릇이었다.

결국 세드린은 대통령의 강력한 지지와 본인의 화려한 이력에 힘입어 경력자 영입이란 방식으로 청와대에 들어올 수 있었다.

그렇게 불과 수 개월.

믿기 힘들 만큼 뛰어난 용인술과 빈틈없는 일처리 능력으로 애당초 그를 경원시했던 인물들조차 이제는 그를 인정하고 받아들이는 분위기였다.

조금 전, 집무실로 들어왔다가 문가에서 대기 중인 경호실 소속 제2차장 이용대도 그런 인물 중 한 사람이었다.

'참으로 보기 드문 사람이다. 일도 잘하지만 마음씀씀이도 보통이 아니구나. 지나치게 다정한 게 흠이지만 사실 그래서 더 믿음이 간다.'

다른 인종이란 점 때문에 생겼던 선입견은 이제 조금도 남아 있지 않은 그였다.

그런데 청와대 경호원들 사이에서 이런 인식의 변화가 세드릭 팀장 한 사람만을 대상으로 일어난 게 아니었다.

영부인을 전담하기 위해 여성으로만 구성된 경호 제2팀에도 세드릭 팀장 못지않은 굉장한 실력자가 한 명 있었다.

독일 출신의 '밀라나' 란 경호원이었다.

경호 대상의 차이 때문에 세드릭 팀장보다는 덜 부각됐지만 한 번씩 실시되는 경호원 실력 평가제에서 남녀를 통틀어 가장 압도적인 능력을 선보이기로 유명했다.

특히 사격에 있어서는 올림픽에 내보내고 싶을 정도로

기막힌 수준이었다.

이용대는 제2경호팀의 직속상관이었고 그렇기에 지금처럼 세드릭 팀장을 볼 때마다 밀라나가 떠오르곤 했다.

'흠, 사실 우리 2팀도 밀라나가 팀장을 맡아야 하는데 말이야.'

마음은 굴뚝같았지만 1팀에 이어 2팀까지 외국계 팀장을 둔다는 건 겉보기에도 무리가 따르는 일이었다. 이 점을 잘 알았지만 최고의 팀장 덕에 빈틈없이 움직이는 1팀을 볼 때마다 아쉬운 마음이 드는 건 어쩔 수 없었다.

"무슨 일이십니까?"

잠시 상념에 빠져 있던 이용대는 귓전에 들리는 목소리에 번뜩 정신을 차리며 눈을 들었다. 어느새 세드릭 팀장이 집무실 밖으로 나와 있었다.

"수고 많았네. 대통령님께서는?"

"선잠에 빠지셨습니다."

"흐음, 마음 같아서는 편히 주무시라 권하고 싶네만, 그나마도 깨시면 잠시라도 눈을 붙이실 분이 아니지."

"저 또한 차장님과 같은 생각입니다."

"그나저나 대단하네. 여간해서는 낮잠이 없는 분인데 자네가 손만 대면 주무시니 말이야. 아마 자네는 마사지사로 나가도 크게 성공할 걸세, 허헛!"

웃자고 한 말이지만 미소 정도로만 응대하는 세드릭 팀장이었다. 그렇다고 어색할 것도 없는 게 백인 중에서도 뚜렷한 이목구비의 미남형인 세드릭 팀장은 이 미소 하나만 가지고 회식 자리에 참석한 여성들의 시선을 석권할 정도였다.

"아아, 그건 그렇고 이걸 전해주러 왔네."

이용대 차장이 품에서 백색 봉투 하나를 꺼내 내밀었다. 어디에서나 볼 수 있는 흔한 편지 봉투였다.

"흠! 법으로 금지된 건 아니지만 동료 사이의 감정은 적당히 다스릴 필요가 있네."

무슨 오해를 한 건지 은근한 표정까지 지으며 당부 비슷한 말을 남긴 채 돌아서는 이용대 차장이었다.

하지만 그가 조금만 늦게 돌아섰다면 이 편지가 자신의 생각에 조금도 부합되지 않는다는 걸 깨달았을 것이다.

세드릭 팀장의 얼굴 위로 거짓말처럼 미소가 지워져 있었다.

무겁게 느껴질 정도로 표정 변화가 사라진 그의 두 눈은 한동안 편지 봉투의 겉면만을 뚫어지게 응시했다.

그러던 어느 순간, 혼혈을 가장했던 검은 동공이 새파란 푸른 빛깔로 바뀌었다.

"어이가 없군."

그의 무표정은 이런 중얼거림과 함께 천천히 달라졌다. 이마에 깊은 주름이 잡혔고 미간도 찌푸려지며 좁아졌다.

편지 봉투 자체는 물론 안쪽의 종이 또한 아무것도 아니었다.

진짜 중요한 건 봉투의 겉면에 드러난 메시지. 봉투의 겉면에는 과거 러시아연방의 전설적인 첩보 단체인 KGB만의 독특한 메시지 전달 기술이 녹아들어 있었다.

그러나 이런 사실은 부차적인 문제고 진정으로 그의 심기를 자극한 건 메시지를 남긴 사람과 그 사람이 남긴 메시지의 내용이었다.

"이유가 있었단 말이지. 갑자기 해독 기술에 대해서 알려준 이유가……."

마음 같아서는 당장 이 메시지의 주인에게 달려가고 싶었지만 메시지의 주인은 이틀 전에 휴가를 낸 제2팀의 밀라나였다.

전화를 거는 것도 한 방법이지만 이런 식의 메시지를 남겼다는 건 자신을 감췄다는 의미이기도 하다.

즉 연락을 취할 방법이 없었다.

세드릭은 깊게 눈을 감았다가 떴다. 유연하던 그의 눈빛이 강렬한 이채를 피우며 번뜩였다.

"그 능구렁이 같은 암살자가 곤경에 처해? 믿기 힘들어도 일단 가보는 수밖에 없겠는걸."

사회적 신분에 맞춰 바뀌어 있던 그의 분위기가 서서히
달라지고 있었다.

CHAPTER 13
준동

루시페르는 오랜 탐색과 정보의 취합 끝에 쥐새끼의 정체에 관한 실마리에 거의 근접하고 있었다.

'흠! 바돈이었나? 그렇다면 이해가 되지. 무슬림이 본 게 그 지저분한 바돈이 확실하다면 말이지.'

정확히 언제부터인지 알 수 없지만, '바돈'이라는 기형적인 형질의 인간이 암암리에 유통되고 있었다. 악의와 살의. 광기와 혈기가 핏방울 하나까지 가득 찬 인간.

인간이면서 인간이 아닌 이 바돈은 전설의 만드라고라와 같은 효능을 지녔다고 알려져 있었다.

문제는 그 진위 여부였다.

본래대로라면 이런 인간은 스스로의 생명을 유지할 수가 없었다. 살아 있는 인간이 형장의 피를 머금고 자란다는 만드라고라와 같아진다는 건 마도의 상식에 비춰 봐도 말이 안 되는 소리였다. 때문에 마도에 몸담은 자들이라면 설혹 바돈에 대해 들었어도 헛소문으로 치부할 따름이었다.

반면에 현 세계 마도 인력 중 극소수에 해당하는 흑마법사인 루시페르는 달랐다. 그는 바돈의 효과가 만드라고라와 같음을 분명히 알고 있었다. 아니, 그와 같은 흑마법사라면 누구라도 알고 있는 내용이었다. 단지 인간 흑마법사한테는 거의 아무런 도움도 되지 않기에 터부시될 뿐이었다.

'바돈과 직접적인 거래를 하는 곳은 그곳밖에 없지. 멘티스… 잊힌 어둠의 보고!'

루시페르는 세상 모든 어둠의 마지막 안식처라는 멘티스에 대해서 떠올렸다.

알려지길 지하 십 층 규모.

그 넓이와 깊이는 세상에 존재하는 그 어떤 지하 공동보다 거대하다고 한다.

지하 1층부터 3층까지는 열린 공간이었다. 흑백을 나누지 않는 많은 학파와 지파가 이곳에 터를 두고 있었다.

특히 1층은 일종의 암시장으로 시중에 없는 진귀하고 특별한 것들이 거래되고 있었다. 이 때문에 흑마법사가 아니라고 해도 멘티스에 상주하는 마법사가 상당할 정도였다.

지하 4층과 5층은 좀 더 은밀한 공간으로 바깥에서도 활동이 가능하지만 일정 시점에는 휴식기를 가져야 하는 반인반마에 해당하는 존재들이 살고 있다고 알려져 있었다.

하지만 그의 생각이 닿은 장소는 5층부터였다.

4층과 5층의 간격은 1층부터 4층까지의 간격만큼이나 컸고 그만큼 세상과 격리되어 있었다.

햇빛이 전혀 들지 않지만 지하에서 올라오는 마그마의 빛이 악마의 혓바닥처럼 사방을 비추는 공간. 그리고 그곳에는 인세에 전설로만 회자되는 족속들이 살고 있었다.

'이거 재수 없으면 그 어두침침한 지하 구덩이로 다시 돌아가야 할지도 모르겠는걸?'

반사적인 생각을 돌출했던 그는 곧바로 심하게 얼굴을 구기며 짜증 섞인 욕설을 내뱉었다.

"이런 시발, 내가 미쳤네. 아무리 소드 마스터가 무섭기로서니 거길 가긴 왜 가!"

차라리 여기가 낫다. 지금 그의 눈빛은 이렇게 주장하고 있었다. 사방팔방 핏물이 뚝뚝 떨어지고 바닥을 뒹구는 수십 구의 시체들은 고약한 냄새를 풍겼지만 이 정도야 조금

지저분한 '난장판' 정도의 수준이었다.

하지만 멘티스는 달랐다. 그곳에는 소드 마스터만큼이나 두려운 존재들이 숨어 있다는 게 문제였다.

그것도 하나가 아니라 다섯!

'으으, 아무도 모른다. 멘티스를 지배하는 그자들이 어떤 괴물인지를……. 마신성? 흥! 웃기지 말라 그래. 보나마나 그자들이 만든 허수아비겠지. 난 믿지 않는다. 그 죽지 않는 괴물들이 신 따위를 섬긴다는 걸!'

잠시 잠깐 떠올리는 것만으로도 몸이 으슬으슬 떨려올 정도였다.

그래서 고민이었다.

바돈에 대해서 알렸다가는 소드 마스터의 성격상 무슨 상황이 벌어질지 몰랐다. 최악의 경우 그 자신이 앞장서 소드 마스터의 길잡이 역할을 할 수도 있었다.

그러기는 죽기보다 더 싫었다.

그렇게 그의 고민이 갈등으로 깊어지는 찰나였다.

"어라?"

루시페르는 고래를 번뜩 쳐들었다. 그의 일그러진 표정도 날카롭게 바뀌었다. 그러면서 그는 자신이 만든 살육의 공간을 천천히 훑기 시작했다.

'뭐지?'

확실히 이곳에 있는 모든 인간을 죽였다. 그런데도 돌연 '호흡'이 감지됐다.

"으응? 살아난 놈 없는데?"

체크를 끝낸 루시페르는 고개를 갸웃거리며 다시 인상을 썼다. 그는 배후가 불문명한 무리와 충돌하면서 후환 따위를 남길 만큼 어리숙한 암살자가 아니었다.

게다가 살려둬 봤자 기생충보다 못한 것들이라 숨어 있는 단 한 놈까지 찾아내서 생명을 빼앗았다.

물론 사람이라면 힘의 강약을 떠나 분명히 실수가 없을 수 없는 법.

하지만 그는 암살자다. 그것도 초인이라 불리는 암살자.

한마디로 누군가를 확실히 죽이는 데 세계를 통틀어 그만한 전문가도 없다는 의미였다.

잠시 고개를 갸웃하던 루시페르는 미약하게 감지한 호흡이 대폭 커지면서 그 수도 늘어나자 혀를 강하게 차며 고개를 끄덕였다.

"쏩! 그럼 그렇지. 난 또 내가 실수한 줄 알았네."

실수는 없었지만 저택을 뒤지며 정보를 모으느라 허비한 시간이 꽤 됐다. 누군가 오기에는 전혀 이상한 시점이 아니었다. 다만 조금 헷갈리는 건 기척보다 호흡이 먼저 감지됐다는 사실이었다.

"거참, 신기하네. 발에 날개가 달렸나? 한두 놈이 아닌 것 같은데 무슨 수를 쓴 거지?"

루시페르는 이렇게 되뇌면서 사뿐히 피로 물든 바닥을 뛰어넘었다. 그러나 그가 조금만 더 주의 깊게 생각했다면 이토록 쉽게 바깥으로 나가지는 못했을 것이다.

다수이면서도 쉐도우 메이지의 이목을 가렸다는 것.

그 자체가 바로 쉐도우 메이지란 상대를 표적에 놓고 몰려왔다는 의미였으니까.

*     *     *

줄리아는 손톱이 살갗을 파고들어 피가 나는 것조차 의식하지 못할 만큼 격양되어 있었다.

"당신이 어떻게? 이럴 거면 왜 우리를 도운 거야! 아빠를 치글러로 만들어준 사람이 당신이잖아!"

그녀의 분성이 닿는 방향에는 검은 모자에 수염을 길게 기르고 검은 외투를 입고 있는 랍비가 여유로운 자세로 앉아 있었다. 주름이 가득한 얼굴의 랍비는 기괴하게 느껴지는 웃음을 지으며 말했다.

"너답지 않은 투정을 부리는구나. 농부가 수확을 하는 데 무슨 이유가 있겠느냐? 이제 때가 되어서 그런 것을."

랍비는 선생이자 조언자였다. 미래를 예견할 만큼 탁월한 식견을 갖고 있었고 끝을 모르는 지식의 소유자이기도 했다.

젊은 시절, 우연한 기회에 랍비와 인연을 맺은 치글러는 삶의 고비마다 그에게 조언을 구했고 랍비는 아들처럼 그를 이끌었다.

최악의 고비였던 소드 마스터와의 전쟁에서 전대 치글러의 척결을 조언한 것도 랍비였다. 결국 랍비가 아니었다면 현재의 미래도 존재하지 않았을 것이다.

하지만 지금 줄리아의 가슴에 치솟는 배신감이 그런 이유 때문만은 아니었다.

"그게 다 가식이었던 거야?"

줄리아는 눈물이 흐를 것만 같았다.

그녀에게 있어 랍비는 아버지의 스승이 아니라 친할아버지나 다름없는 존재였다.

방황하던 십 대에 힘이 되어준 사람도 랍비였고 실수를 하려고 할 때마다 바로잡아 준 사람도 랍비였다.

"줄리아야, 울지도 실망치도 말거라. 나는 단 한 순간도 너희 부자에게 진심이 아닌 적이 없었단다."

"그런데 왜……."

조금씩 커지는 줄리아의 눈을 보며 말을 멈춘 랍비의 미소가 짙어졌다.

"벌레에게 가식적인 사람이 어디 있더냐? 나도 그와 같
단다. 물론 너희 부녀는 꽤 말 잘 듣는 벌레였지. 그 점은
기특하게 여기고 있단다."

선생이란 뜻을 가진 랍비의 입에서 나왔다고 하기에는
믿기 어려울 정도로 지독한 폭언이었다.

어깨를 떨 만큼 흥분에 차 있던 줄리아의 모습이 일순간
에 잠잠해졌다. 정신적 충격으로 인해 현실 감각을 잃은 걸
까?

아니, 오히려 그 반대였다.

그녀는 눈빛은 본래의 차분함을 되찾고 있었다.

"이제야 알겠어. 당신이라면 아무리 아빠라고 해도 속수
무책으로 당할 수밖에 없었겠지. 절대 의심하지 못했을 거
야."

"허허, 너라고 다르더냐? 그래도 아비와는 다르게 강단
은 있더구나. 내가 여기까지 온 것도 그 때문이고. 하나 이
제는 다 끝이란다. 내 너를 어여삐 여길 생각이니 순순히
따르거라. 그리하면 아비의 목숨은 부지하게 해주마."

마치 타이르듯 미소 짓는 랍비를 보며 줄리아의 얼굴에
도 설핏한 미소가 지어졌다.

"실패한 것 같아? 나는 차라리 잘됐다고 생각하는데? 안

그래도 아슬아슬한 줄타기를 하느라 오금이 저렸는데 흑막이 제 발로 찾아왔잖아."

그녀의 말이 끝나기 무섭게 사방의 벽이 움직였다. 지부장의 직속 호위대가 움직인 것이다. 그 수는 서른이 채 안 됐지만 하나같이 일당백의 실력을 가진 프로 암살자들이었다.

척, 척척!

일사분란하게 모습을 드러낸 호위대원들의 손에는 소음기가 부착된 권총이 들려 있었다.

오른손을 든 줄리아가 차가운 눈으로 랍비를 노려보며 말했다.

"아마 당신은 아빠를 인질로 삼고 나를 협박하려고 했을 거야. 어디 해봐. 걸레처럼 너덜거리게 만들어줄 테니까."

"나는 네 강점을 잘 알고 있단다. 너는 참으로 당찬 영혼을 가지고 있어. 그래서 아쉽구나. 네가 십 년만 일찍 태어났다면 무리해서라도 키웠을 것을."

"미친 늙은이! 어디 한번 죽어봐."

줄리아는 망설임 없이 손을 내렸다.

하지만 당연히 들려야 할 총성은 단 한 발도 울려 퍼지지 않았다. 그런데 이게 문제가 아니었다.

그녀의 얼굴이 좀 더 창백하게 바뀌었다.

놀랍게도 총구의 방향이 바뀌어 있었다. 주인을 지키는 인력이 주인을 노리는 무리로 돌변한 것이다.

"그래서 내 말하지 않았느냐. 네 강점을 잘 알고 있다고."

랍비는 뒷짐을 지며 일어났다. 이야말로 완벽한 승리자의 여유였다.

"아직 끝난 게 아니야."

"흐음?"

"발룽! 저 배신자들! 전부 없애 버려!"

작게 달싹이던 그녀의 입술이 크게 벌어질 때 몸을 웅크리고 있던 사신이 세상으로 튀어나왔다.

피슉!

약간의 파공음. 실로 눈 깜짝할 사이였다.

일당백을 자랑하는 호위대원 중 누구도 총 한번 제대로 쏘지 못했다. 자신도 의식하지 못한 사이에 머릿속이 마비된 것이다.

그런 그들의 이마 부근에는 가늘게 번뜩이는 쇳조각이 박혀 있었다.

어쩌면 당연한 결과였다. 암살로서 트리플 A를 넘어선다는 건 이런 수준의 살인이 가능하다는 의미였다.

"이제 당신 차례야."

줄리아가 손가락을 들고 랍비를 가리키며 말했다. 그러자 두꺼운 붕대로 얼굴을 가린 발룽이 그녀의 옆으로 모습을 드러냈다.

랍비의 얼굴에서 처음으로 미소가 사라졌다. 대신 콧잔등이 보기 싫게 올라가고 있었다.

"이게 어찌 된 게냐."

"로드의 안전을 위해 움직이지 못했습니다."

듣기 좋은 미성이 랍비의 옆에서 흘러나왔다. 랍비를 따라 한국 지부에 들어온 단 한 명의 수행원이 입을 연 것이다. 깊은 후드를 쓰고 있어 생김새는 드러나지 않았지만, 지금 울린 음성으로 미루어 러시아 국적의 여성임을 알 수 있었다.

'젊은 여자?'

줄리아는 이상한 위화감을 느꼈다. 만약 이 수행원이 총기 같은 무기를 소지하고 있었다면 앞서 보안 절차에 발각됐을 것이다. 그러나 아무것도 걸리는 게 없었다. 그래서 랍비의 제자나 시중을 드는 사람 정도로만 여기고 있었다.

하지만 상황이 완전히 바뀌었다.

그리고 그녀는 바뀐 상황과 수행원의 음성을 결부시켜 지금 느낀 위화감의 정체를 깨달을 만큼 능력 있는 여자였다.

'저 이중인격자가 호위대의 배신만 믿고 있었을 리가 없어. 그럼 뭐지? 호위대의 전멸 앞에서도 태연할 수 있는 이유가?'

내심 이런 의문과 함께 줄리아의 신경이 랍비의 수행원에게 닿았다. 그런 그녀가 해답을 찾는 데는 그리 오래 걸리지 않았다.

"허허! 네가 있는데 누가 나를 위협한단 말이냐? 저기 저어린 계집에게 구속된 망가진 장난감 같은 녀석이?"

스륵.

가냘픈 손가락이 올라가 후드를 뒤로 젖혔다. 동시에 어둠에 가려져 있던 수행원의 얼굴이 그 생김새를 드러냈다.

줄리아의 동공이 좀 더 커졌다.

'비서?'

경호보다는 비서에 어울릴 법한 미모의 아가씨였다. 물론 단순히 외모로만 상대를 평가할 만큼 어리숙한 줄리아가 아니었다. 하지만 드러난 체구를 비롯해 얼핏 보이는 손가락 등 어디에도 거칠거나 단련한 흔적이 없었다.

어느 모로 따지나 위협적인 상대가 아닌 것이다.

'정체가 뭐지?'

줄리아의 눈 속에 좀 전보다 더한 경계심이 어렸다.

정보를 취급할 때 가장 주의해야 할 상황이 바로 지금과 같은 경우였다. 상식으로 판별하기 힘들기에 그 수위를 재단하기 어려운 경우.

반대로 숨어 있는 사실을 알아낸다면 그만큼의 이득을 취할 수가 있었다. 역으로 상대의 허를 찌를 수 있으니까.

때문에 줄리아는 모든 신경을 랍비가 아닌 그 옆의 여자에게 집중했다. 랍비가 믿는 게 뭔지… 여인이 무슨 능력을 가지고 있는지…….

"다, 당신은?"

줄리아가 크게 놀란 것처럼 말까지 더듬었다.

그녀의 명석한 두뇌는 결코 주인을 배신하지 않았다. 알아내긴 한 것이다. 그것도 눈에 보이는 개략적인 부분이 아니라 금발 여자의 진정한 정체에 대한 정보가 거짓말처럼 떠오르고 있었다.

'아아! 끝이야. 발룽이 아무리 트리플 등급의 암살자라해도 이 여자는 도저히 이길 수 있는 상대가 아니야.'

줄리아는 난생처음으로 자신의 머리를 탓하고 싶은 심정이었다. 이건 알았다고 해서 어떻게 할 수 있는 상대가 아니었다. 세상에는 한계라는 게 있었다. 그리고 이 한계란 차라리 모르는 게 나을 때가 있었다.

바로 지금과 같은 경우였다.

여자의 이름은 밀라나 쿠르니코바.

고작 20대로 추정되는 나이에 웬만한 국가와 맞먹는 힘을 가지고 발호한 신나치즘 조직을 단신으로 저지한 괴물 같은 강자였다. 이후 막후 세력들은 그녀를 가리켜 역사상 최연소 초인. 그리고 도살자라고 불렀다.

"끌끌, 이제 알겠느냐? 네가 믿던 망가진 장난감은 아무런 힘이 될 수 없느니라."

랍비의 회색에 가까운 동공 속에서 끈적거리는 비웃음이 올라왔다. 그는 사람의 절망을 즐기는 자였고 강한 정신력을 가진 줄리아가 자신의 앞에서 완전히 무너져 내리길 바랐다.

그런데 줄리아의 반응을 감상하느라 정작 밀라나 쿠르니코바가 왜 '안전'을 운운했는지를 간과해 버린 그였다.

반대로 이는 줄리아에게 천운이나 마찬가지로 작용했다. 만약 랍비가 조금만 더 냉철히 대처했다면 줄리아라는 최상의 인질을 절대 그냥 내버려두지는 않았을 터였다.

끼기긱!

폐쇄된 안전 문 하나가 비명을 지르면서 열리기 시작했다. 누군가 바깥에서 강제로 잠긴 문을 부숴 버린 것이다.

"아니?"

랍비의 눈에서 흰자위가 크게 드러났다. 이미 여기 한국 지부는 완벽히 그의 손아귀에 있었다. 자신의 허락 없이는

누구도 들어오지 못하게 해놓은 것이다. 게다가 걸림돌이
될 만한 인물들은 한국에 없거나 다른 함정으로 유인해 둔
뒤였다.

"감히!"

완벽주의자일수록 사소한 어긋남도 참기 어려운 법이었
다. 지금 일그러진 랍비의 얼굴이 그랬다.

끼긱, 쾅!

두터운 문짝이 완전히 떨어져 나갔다.

"위선자여. 우리 아가씨께 장난감 따위는 힘이 안 된다고
했는가? 그럼 이분은 어떨 것 같은가?"

진중한 음성과 함께 걸어 들어온 사람은 임페리얼 퀀텀
의 시프 마스터인 오에 켄노스케였다.

그는 말을 하며 또 다른 사람에게 길을 터줬는데 지금 상
황과는 어이가 없을 정도로 어울리지 않는 사람이 모습을
드러내고 있었다.

줄리아는 뭐라고 하려다가 자신의 눈을 의심했다. 집사
가 뭔가 대단한 지원 세력을 데려온 줄 알고 기대에 찼었는
데 고작해야 단 한 명이었다.

'…응?'

일본 전통 의상인 오비를 걸친 단구의 노인. 매서운 눈매
가 인상적이지만 주먹질 한 번 휘두를 기력도 없어 보인다.

그런데도 줄리아는 뭔가 이상한 감정을 느꼈다.

'일본?'

줄리아는 자신의 생각을 계속해서 이어가지 못했다. 돌연 랍비의 입에서 가래 끓는 소리랑 섞인 듣기 싫은 분성이 터져 나온 것이다.

"끄륵! 일본의 초인!"

"그렇다, 위선자여. 이분이 바로 열도의 제일검인 유키노리 켄조 님이시다."

"아아!"

줄리아는 자신도 모르게 탄성까지 내질렀다. 최악의 판을 뒤집을 수 있는 건 최고의 패밖에 없지만 지금 자신은 그 패를 쥐고 있지 않았다. 그런데 마치 하늘이 도운 것처럼 또 다른 최고의 패가 나타나 자신의 편에 선 것이다.

'아니! 아니야. 하늘이 도운 게 아니라 집사가……'

줄리아는 일순 들었던 자신의 생각을 탓했다.

아버지에게 다녀온다던 집사가 지금 등장한 것도 놀랍지만 일본의 초인인 비천검과 동행한 건 더욱 놀라운 일이었다.

그녀는 이런 생각을 하면서도 일찌감치 집사와 비천검이 있는 쪽으로 뒷걸음질 친 뒤였다. 임페리얼 퀀텀의 블랙켓답다고나 할까?

반면에 완벽히 상대를 굴복시킬 것이라 자신하던 상황이 뒤바뀌게 된 랍비는 화가 머리끝까지 치밀어 있었다. 그러나 그는 정보와 귀계로 막후 정세를 움직이는 자였다.

안면은 온화한 수행자의 미소를 지었으나 그 입에서 나오는 말은 뱀의 혓바닥처럼 느글거렸다.

"반갑소, 일본의 초인이여. 그대는 함부로 움직이지 않는다고 들었소만……. 어떻소? 모른 척 물러가시면 향후 이 거대한 정보와 암살 조직은 그대를 적극 지원할 것이오."

"어디서 그런 헛소리를!"

비천검의 옆에 있던 오에 켄노스케는 당장에라도 뛰어나갈 것처럼 분개했다. 그러나 사실 일부러 내보이는 겉모습에 불과했다.

'여기서 승자를 가리지는 못한다.'

이게 그가 숨기고 있는 진짜 내심이었다. 지금 차분하게 서 있는 줄리아도 그와 비슷한 눈빛을 하고 있었다.

이제 여기 있는 모든 사람들은 두 초인의 곁가지에 불과하다는 것을. 결론은 둘 중 하나리라.

초인끼리의 승패가 갈리거나 싸우지 않고 끝나거나…….

단구의 노인, 약간 구부정히 서 있었으나 이야말로 비천검을 특정 짓는 가장 완벽한 자세였다.

세계에서 가장 빠른 발검술을 가진 초인. 구부정한 모습만 보고 방심했다가 자신이 어떻게 죽는지도 모르고 세상을 뜬 강자들이 부지기수였다.

비천검은 한동안 반응을 하지 않았다. 그저 침묵을 고수했다. 그러나 랍비도 보통 사람이 아니다. 그 또한 미소로 일관하며 대답을 기다렸다.

그러던 어느 순간, 드디어 그의 검이 움직였다.

덜그럭.

손끝으로 허리춤에 차고 있는 검집을 툭 건든 정도. 별것 아닌 행동 같지만 여기 있는 인물 중 이 행동에 담긴 의미를 모를 정도로 둔한 사람은 없었다.

일체의 타협 없이 싸움을 불사하겠다는 의지.

랍비의 안면이 크게 꿈틀거리며 일그러졌다. 그러자 밀라나 쿠르니코바가 한 발 앞으로 움직였다. 동시에 비천검 유키노리 켄조의 중지도 슬쩍 올라갔다.

팽팽한 긴장이 감돌았다.

당장에라도 초인 간의 싸움이 시작될 것만 같았다.

"허허, 운이 좋구나. 시프 마스터가 아주 멋진 일을 해냈어. 조만간 다시 보도록 하자꾸나."

랍비는 다시 웃었다. 그러면서 뒤로 살짝 손짓했다.

드륵, 하며 닫힌 문 가운데 하나가 열렸다.

랍비는 돌아서며 다시 말했다.

"일본의 초인이여, 어느 편에 서는 게 이득일지 잘 따져 보시오. 내 제안은 앞으로도 유효할 테니. 허허허!"

그로부터 1시간이 지난 시각.

줄리아는 일본행 여객선에 올라타 있었다. 이제 한국 지부도 안전하지 못했기 때문이다. 누가 배신자인지 아닌지 조차 가려낼 길이 없었다.

기분 전환을 위해 선창에 선 줄리아는 바닷바람에 날리는 머릿결을 쓸어내리며 자조적인 한숨을 흘렸다.

"하아, 잠깐 물러나는 정도는 큰 문제라고 보지 않았겠죠. 아마 저를 거미줄에 걸린 나비 정도로밖에 보지 않을 거예요. 나비와 다를 바 없는 처지이기도 하고요."

"아니요, 차라리 잘 됐습니다. 그토록 찾았던 암중 흑막의 정체를 알게 되지 않았습니까?"

"알아도 뭘 어쩌겠어요. 어쩌면 도살자 말고 다른 초인도 같은 편일지 모르는데……."

"약해지셨군요. 아버지에 대한 걱정 때문에 그러십니까? 그분은 결코 쉽게 잘못되실 분이 아닙니다. 그리고 잊으셨 습니까?"

"네? 무엇을 말인가요?"

"초인이 두 명이 아니라 세 명, 다섯 명. 그보다 두 배가 많다고 해도 눈 하나 깜짝하지 않을 분이 아가씨 곁에 계시지 않습니까?"

"…그 사람은… 꿈 같은 얘기네요."

"흐음, 아가씨. 잘 생각해 보십시오. 그분은 자신의 일을 방해받는 걸 무척이나 싫어하십니다."

"그건… 아아!"

뭔가 깨달은 것처럼 탄성 짓는 줄리아를 향해 켄노스케는 부드럽지만 단호한 어조로 다시 말했다.

"솔직하셔야 합니다. 절대 그분을 이용한다거나 하는 생각을 품지 마십시오. 그저 솔직히 말씀하시면 되는 겁니다. 열심히 일하고 있는데 이렇게 됐다고 말입니다."

"호호호! 이를 말인가요."

시름에 잠겨 있던 줄리아의 눈동자는 다시 반짝이며 빛나기 시작했고 먼 바다의 파도를 보며 묘한 열기를 띠기까지 했다.

『서린의 검』 1부 완결

## 작가의 말

안녕하세요. 김중완입니다. 새해를 시작하며 드디어 서린의 검 1부가 끝났습니다. 당초 5권을 주기로 '기승, 전, 결'의 맥락을 염두에 두고 집필을 시작했으나 생각처럼 기승을 집필하기가 쉽지 않은 작품이기도 했습니다.

1부를 마무리하며 많은 고민을 하였지만 결국 주인공 서린의 가장 중요한 비밀은 '전'이 시작되는 2부, 즉 6권 초입에 넣기로 하였습니다. 이야기의 맥락을 위한 부분이고 '전'의 시작을 알리는 신호탄이기도 한 내용이니까요.

거두절미, 2부부터는 좀 더 빠른 전개와 스펙터클한 재미를 느끼실 수 있도록 노력하려고 합니다. 또한 준비 기간이 있는 종이책 출간보다 곧바로 출판사를 통한 정식 연재로 찾아뵐 계획입니다.

독자 여러분, 새해에는 다복하시길 기원합니다.
저는 빠른 시일 안에 서린의 검 연재란을 통해 찾아뵙겠습니다. 감사합니다.

# 데일리 히어로

## FUSION FANTASTIC STORY

### 인기영 장편 소설

지금까지 이런 영웅은 없었다!

# 『데일리 히어로』

꿈과 이상을 가진 평.범.한. 고딩 유지웅.
하지만……
현실은 '빵 셔틀' 일 뿐.

그러던 어느 날, 유지웅의 앞에 나타난 고양이.
그(?)로 인해 모든 것이 바뀌었다.

## 선행! 선행! 그리고 또 선행!

### 데일리 히어로 유지웅의 선행 쌓기 프로젝트!

Book Publishing CHUNGEORAM

유행이 아닌 자유추구 -
WWW.chungeoram.com

# The Record of Dragon's Return

재중 귀환록

푸른 하늘 장편 소설
FUSION FANTASTIC STORY

『현중 귀환록』, 『바벨의 탑』의
푸른 하늘 신작!
이계를 평정한 위대한 영웅이 돌아왔다!

어느 날 갑자기 찾아온 부모님의 죽음.
그리고 여동생과의 생이별.
모든 것을 감당하기에 재중은 너무 어렸다.
삶에 지쳐 모든 것을 포기할 때, 이계에서 찾아온 유혹.

"여동생을 찾을 힘을 주겠어요.
…대신 나를 도와주세요."

자랑스러운 오빠가 되기 위해!
행복한 삶을 위해!

위대한 영웅의
평범한(?) 현대 적응이 시작된다!

Book Publishing CHUNGEORAM

유행이 아닌 자유추구 -
WWW.chungeoram.com